시스투스

시스투스

주선미 소설

늘

차례

시스투스

[자살하는 꽃]

찰나였다. 나락으로 떨어지는 것도 정상에 오르는 것도 언제나 그 찰나가 만들어 낸다. 짧은 시간 안에 인간은 도저히 저항할 수 없는 무수한 운명의 갈림길에서 헤맨다. 그리고 자신조차 알지 못하고 알 수도 없는 사이, 중대한 결정을 내려야 한다. 왜 그러했는지 또 그럴 수밖에 없었는지 같은 건 중요하지 않다. 그 사이 겹겹의 시간들은 누구에게도 기억되지 않으므로.

출근하자마자 하경은 사무실 안의 모든 창을 열었다. 탕비실에 수북이 쌓인 컵들을 주방 세제로 벅벅 문질러 닦아 헹군 다음 소독기에 넣었다. 바닥을 쓸고 걸레로 몇 개의 책상들을 훔치고 나면 근무가 시작되기 전까지 십 분 정도 시간이 남는다. 컴퓨터 전원을 부팅한 후 어제 읽던 책을 집어 들었다.

불행에 처한 인간에게 진짜 위로란 자신보다 더 불행한 처지밖에 없다.

하경은 이와 비슷한 문장이 조금씩 다른 형태로 쓰인 것을 여러 책에서 보아 왔다. 하경의 처지는 언제나 다른 사람에게 진짜 위로가 되어주기 때문에 되도록 사람과 관계 맺는 일을 최소화하기 위해 노력하며 살아왔다. 사람들은 인간관계의 중요성에 대해 설파하고는 하지만 저 문장만으로도 충분히 인간의 비열하고 나약하고 이기적인 면모가 드러난다. 그런데 굳이 관계를 맺는 것에 시간과 감정을 허비할 필요가 있을까.

직원들이 하나둘 출근하기 시작했다. 휴대전화 날짜를 보니 삼월 삼십일일이다. 책상에 가득 쌓인 전표를 보며 하경은 오늘 하루도 고될 것이라 생각했다. 바탕화면의 엑셀 프로그램을 열고 전표의 숫자들을 입력했다. 매일 보는 사이지만 어색한 출근 인사 후에는 어김없이 적막이 돌았다. 조용한 사무실 안 여기저기서 키보드 치는 소리가 들려왔다. 타닥타닥. 하경은 키보드를 칠 때 나는 소리가 좋았다. 그 소리만이 유일하게 그래도 하경을 쓸모 있는 사람이라고 말해주는 것 같아서였다.

일을 시작하고 조금 지나 휴대전화의 화면이 소리 없이 밝아졌다. 하경은 일을 할 때 전화를 무음 모드로 설정해 둔다. 전화기를 들여다봤다. 유치원이다. 오전 아홉 시 이십오 분. 유치원에서는 별다른 일이 없는 한 이 시간에 전화하지 않는다. 특별히 부모가 알아야 할 일이 발생하지 않는 한 결코. 그러니까 하경이 알아야 할 일이 생겼다는 거다. 그녀는 바로 통화 버튼을 눌렀다.

여보세요.

네, 어머니. 안녕하세요, 서준이 담임 교사예요. 통화 가능하실까요?

네, 말씀하세요.

하경은 주변 눈치를 살핀 뒤 최대한 목소리를 낮추고 손으로 입을 막으며 말했다. 직원들이 귀를 쫑긋 세우고 하경의 목소리에 집중하는 것이 느껴졌다.

저, 서준이가.
서준이가 왜요. 무슨 일이죠.
제가 잘 봤어야 했는데 아이들 등원 시간이다 보니 정신이 없어서 다른 친구에게로 잠깐 눈을 돌리는 사이에 넘어졌어요. 턱이 약간 까졌고 혹여나 해서 입안을 들여다봤는데 잇몸에서도 피가 나더라고요. 많이는 아니에요. 그래도 아이니까 병원 검진이 필요할 것 같아서 연락드렸어요. 죄송합니다, 어머니.

수화기 너머로 아이들이 떠드는 소리가 들렸다. 동요 [작은 동물원]의 경쾌한 노랫소리도 들려온다. 아침마다 유치원에서 틀어 준다는 이유로 서준이가 좋아하는 노래다. 더불어 서준이 흐느끼는 것 같은 소리도 흐릿하게 들리는 듯했다. 어지간한 일로는 울지 않는 아이다. 하경은 모든 신경이 곤두섰다. 당장 달려가 서준을 안아 달래주고 싶지만 쌓여 있는 전표 뭉치들과 굳건히 닫힌 사장실의 문, 그리고 흘끗 그녀를 보는 시선들이 행동을 제지했다. 그러나 하경은 사장실 문을 두드리지 않을 수 없었다.

또 뭐야.
아이가 유치원에서 다쳤다고 해서요.
그래서.
병원에 들러 봐야 할 것 같은데 잠시만 좀….

사장은 탐탁지 않은 표정으로 까딱 고갯짓을 했다. 나가보라는 뜻이다. 살집이 두툼하고 각진 얼굴에 언제나 험악하게 쓰고 있는 인상이 표정으로 굳어진 사람이다. 사장에게 다른 표정이 있기는 한가 싶다. 사장 앞에 서면 늘 긴장을 늦추지 않지만 이럴 때는 괜히 더 주눅이 든다. 예의상이라도 괜찮냐, 얼마나 다쳤냐 묻는 인간적인 질문 같은 건 애초 기대하지도 않았다. 그래도 마음 한편에 서운한 생각이 드는 건 정신이 약해진 탓일까. 하

경은 고개 숙여 인사를 대신하고는 쏜살같이 달려
나왔다. 러시아워가 끝난 평일 오전 시간대임에도
도로는 자동차들로 가득했다. 도로가 자동차를 만
들어 끊임없이 배출해 내는 것 같다. 모든 택시에
는 탑승객이 있었다. 예약도 잡히지 않았다. 하경
은 시계와 도로를 번갈아 보며 한참 기다린 후에
야 겨우 빈 차를 잡아탈 수 있었다.

　유치원 앞에 다다랐을 무렵 차 창문으로 보니
아이가 선생님의 손을 잡고 나와 있었다. 택시에
서 내리는 하경을 보자마자 서준이 눈물을 머금
은 채 한달음에 달려와 안겼다. 하경은 선생님과
인사 후 아이의 얼굴부터 살폈다. 턱 부분에 약간
의 찰과상을 입었고 입술도 조금 터져 있었다. 입
술을 뒤집어 보니 흔들리던 아랫니 쪽 잇몸에도
피가 검붉게 고인 모습이었다.

죄송합니다, 어머니. 좀 더 세심하게 돌봐야 했는데.

　선생님은 안타까운 표정으로 정중하게 말하며
동시에 몸을 돌려 얼른 들어가 봐야 한다고 했다.

유치원 선생님도 직업이니까. 직업인들의 시간은
직장 내 시간표 안에 저당잡혀 있으니까.

　아니에요. 선생님. 일단 병원에 들렀다가 연락드
릴게요.
　알겠습니다. 진료 보시고 바로 연락해 주세요.

　선생님이 알려준 유치원 인근 소아과로 갔다.
가벼운 검사 몇 가지를 한 뒤 상처를 소독하고 연
고를 발라 주었다. 의사는 소아과 의사답게 어린
아이들을 어르고 가르치는 듯한 말투로 말했다.

　별문제는 없습니다. 다만 하루나 이틀 정도는 이상
징후가 없는지는 관찰하고 살펴봐 주세요. 아이들은
반응이 늦게 나타나기도 하거든요. 아랫니는 원래 흔
들리던 이였나요?
　네.
　치과 진료도 보셔야 할 것 같은데.

　하경은 고개를 끄덕였지만 치과에 갈 시간은
없었다. 서준은 내내 엄마 곁에 껌딱지처럼 붙어

있더니 병원을 나와서는 더 떨어질 줄을 몰랐다.

엄마, 오늘만 유치원 안 가고 엄마랑 있으면 안 돼?

서준과 함께 있고 싶은 마음은 그녀가 더욱 간절했다. 하지만 월말 마감 때문에 일은 태산같이 쌓여 있고 사장을 넘어 직원들의 눈치까지도 보이는 요즘, 아이 때문에 또 반차를 쓸 수는 없었다. 아이를 달래려니 아이가 들릴 듯 말 듯 한 목소리로 중얼거렸다. 하경이 그 말을 놓칠 리 없다. 서준이 아무리 작은 목소리로 말해도 하경에게는 들리지 않을 리 없다.

엄마, 나 혼자 넘어진 거 아니야. 송형주가 밀었어.
정말? 선생님은 바닥이 미끄러워서 넘어진 거라고 하셨는데. 오늘 엄마가 미끄럼 방지 양말을 깜빡했거든. 아차 싶었는데 아니나 다를까 전화를 주셨네, 했지.
엄마, 내 말이 들렸어?
서준이가 아무 말 하지 않아도 엄마는 다 들을 수 있어.
우와, 엄마 초능력자야? 신기하다. 근데 나 진짜로

친구가 밀었어. 아빠 없는 애라고 놀리면서 그랬어. 그리고 여기.

　목소리에 힘이 조금 들어간 서준이 손목을 내밀며 보여준다. 하얗고 작고 여린 손목에 시간이 좀 지난 것 같은 할퀸 자국이 있었다. 얼마나 세게 할퀴었는지 손톱자국이 깊게 패여 있다. 간신히 잠잠해지려 했던 마음에 다시 파도가 인다.

　아침 일찍 등원시키고 가장 늦게 하원하는 스케줄 때문에 송형주라는 친구를 본 적은 없지만 서준이를 통해 종종 들은 적이 있다. 언제나 지금과 유사한 일로. 악행을 반복한다니 본 적도 없는 어린아이에게 격한 분노가 끓어올랐다. 아빠 없는 아이인 건 어떻게 알았지.

　모든 일에는 양면성이 존재한다. 다시는 겪고 싶지 않은 팬데믹 이후 좋은 점도 있었다. 유치원이나 학교에서의 각종 행사가 축소됐고, 누군지도 모르는 사람들과 아무짝에도 쓸모없는 수다를 떠느라 알람이 수시로 울리는 지긋지긋한 단체 채팅방에 초대되는 일도 없었다. 언제나 반응이 없는 하경만 초대에서 열외 된 것일 수도 있지만 오히려 그편이 나았다. 부모님이 함께 참석해야 하는 운동회라든가 입학식과 졸업식, 아빠와 아이의 시간이라는 유치원 특별 '파더 데이'로부터도 자유로워졌다.

그런데도 아이들은 안다. 서준이가 아빠 없는 아이라는 걸. 잠깐 보기만 해도 정신없고, 스치기만 해도 기가 빨려서 얼른 벗어나고 싶은 일부 엄마 무리의 입을 통해 들었을 것이다. 말 만들기를 좋아하는 사람들. 인맥에 으스대고 싶어 게걸스럽게 인연을 찾아 헤매는 하이에나들. 그들은 심심한 걸 참지 못한다. 남의 일에 관심이 많고 불확실한 말에도 상상을 더해 소문을 창조해 낸다. 그래서 아는 것이다.

혹시 이것도 형주가 그런 거야?

하경은 애써 마음을 억누르고 핸드백에서 상처 연고를 꺼내 손목에 발라주며 물었다. 아이들을 키우며 가방 속 상비약은 필수가 됐다. 연고도 자주 넘어지는 서준이 때문에 넣어둔 것이다. 서준이 고개를 젓는다.

이건 지호가 그랬어.

지호. 처음 듣는 이름이다. 하경은 매일 같이 서준에게 유치원 생활이 어땠느냐고 물어보지만, 아직 어린 서준은 그때그때 기억에 남는 일만 단편적으로 이야기해 줄 뿐이다. 그것도 두서없이. 엄마인데도 아이에 대해, 또 아이 친구들에 대해 아는 것이 없다.

그랬구나. 우리 서준이 많이 속상했겠다. 서준이가 가만히 있는데 그랬어?

아이가 속상해할 때는 공감해 주는 게 우선이라는 정신과 전문의들의 조언을 떠올리며 물었다.

아니야. 어제 유치원에서 화장실에 가려고 줄 서 있는데 지호가 아이들을 밀치고 앞으로 갔어. 그래서 새치기하면 안 된다고 했더니 그랬어.

서준이는 과거의 시간을 모두 어제라고 표현한다. 서준이는 단체 생활의 규칙을 중시하는 아이다. 규칙을 지키지 않는 친구를 보면 참지 못한다. 이 정의로운 성정은 누구로부터 물려받은 기질인지 알 수 없다. 이런 일이 생길 때마다 하경은 혼란스럽다. 친구가 그랬어도 너는 참으라고 해야 맞는 건지 이 고약하고 거친 세상을 향해 똑같이 복수하고 응징하라고 해야 맞는 건지.

먹고 사는 데에만 정신이 팔려 시간 가는 줄도 몰랐으나 고개를 들어보니 하늘이 눈부시도록 푸르렀고 부지런한 꽃들은 벌써 얼굴을 내밀었다. 세상이 오색찬란하다. 체험 학습을 쓰고 꽃구경을 가는지 서준이 또래 아이 네 명이 엄마의 손을 잡고 해맑은 얼굴로 각자 주차해 둔 승용차에 오르고 있다. 서준은 그 아이들에게서 시선을 뗄 줄 몰랐다. 하경이 얼른 서준의 손을 잡아끌었다. 몸도 마음도 상처 입은 아이를 두고 매몰차게 직장으로 돌아가야 한다는 현실보다 저 광경이 더욱 삭막하게 느껴졌다.

하경의 부모는 자라는 내내 하경의 인내심을 비난했다. 동생 하석과 싸울 때는 특히 더 그랬다. 계집애가 잠깐을 참지 못해 언제나 다툼을 싸움으로 만들어 버린다고. 누나가 누나답지 못하다고. 계집애는 참아야만 하는 건지 누나다운 게 어떤 건지 하경은 알지 못했다. 성별이 다르고 한 살 차이가 나는 것 빼고는 똑같은 입장인데 어째서 일방적으로 참으라는 건지 억울했다.

어떤 상황에도 부모가 자신의 편임을 눈치챈 하석은 히죽거리며 하경을 못살게 굴고는 했다. 다툰 다음 날 하경의 교과서를 찢어발겨 놓은 적도 있고 하경이 몇 달 모은 용돈을 훔쳐 피시방에서 탕진한 일도 있다. 심지어는 하경의 밥그릇에 침을 뱉기도 했다. 제 딴에는 '몰래'라고 변명했으나 좁은 집구석에서 일어나는 일들을 서로 모를 수 없었다. 그때마다 하경은 몸서리를 쳤고 복수했고 응징했다. 그러나 동생이 엄마, 하고 부르기만 하면 어머니는 달려와 일단 하경의 머리통부터 내리쳤다.

이놈의 계집애가 너만 참으면 될 것을 왜 그렇게 동생을 못 잡아먹어서 안달이야? 이렇게 드세니 동생이 기를 펴고 살겠냐고. 남자답게 커야 하는데 누나라고 하나 있는 게. 어휴 저 성격을 어따 써먹어.

쟤가 먼저 그랬어.

사내자식들은 원래가 짓궂어. 장난도 치고 지랄도 하고 그럴 수 있다고. 그럴 때마다 계집년이 돼서는 꼭 똑같이 굴어야 해? 손뼉도 마주쳐야 소리가 나는 거야. 너만 가만히 있으면 저것도 그러다 말겠지.

왜 맨날 나만 가만히 있어야 하는데.

이년이 그래도. 말귀를 못 알아먹고 어디서 꼬박꼬박 말대꾸야. 이러니 바람 잘 날이 없지. 내가 하석이라도 너 같은 년하고는 싸운다, 아이고 지겨워.

빗자루나 야구 방망이 같은 것들을 들고 와 닥치는 대로 두들겨 패기도 했다. 말대꾸에는 매가 약이라면서. 말대꾸가 아니라 진심으로 궁금해서 물어본 거였는데 하경이 하는 말들은 가차없이 대꾸로 전락했다. **이년, 저년, 싸가지도 인내심도 없는 년.** 정말 듣기 싫으면서도 그 말에 세뇌를 당해온 터라 언제부터인가는 자신이 진짜 그런 사람이 되어 버릴 것 같아 자라는 내내 신경이 쓰였다.

학창 시절에도 사회에 나와서도 작은 일을 큰 일로 만들지 않기 위해 세심한 주의를 기울였고 나 하나만 참으면 된다는 생각으로 억울한 일이 생겨도 이를 악물고 버텼다. 그로 인해 관계가 기울어진다 해도 틀어지지만 않으면 된다고 생각했다. 그래서 아이들과 관련한 문제도 최대한 인내심을 발휘하며 살았다. 살아온 방식대로 감정을 억누르고 절제하는 것만이 최고의 미덕이라 생각하며 키웠다. 아이들은 하경이 아닌데 본의 아니게 아이들에게 자신이 살아온 방식을 강요한 꼴이 되어 버렸다.

서준은 하경의 다리에 매달려 유치원에 가고 싶지 않다고 온몸으로, 거의 필사적으로 애원했다. 그런 서준에게 하경은 하원 후 고작 변신 로봇을 사 주겠다는 약속으로 달래 겨우 유치원에 들여보냈다. 들어가는 내내 뒤돌아보며 울음을 삼키는 아이의 모습에 하마터면 하경도 눈물을 흘릴 뻔했다. 그녀는 서준이 교실인 이층으로 올라가 보이지 않을 때까지도 계속 일층 문 앞에서 지켜봤다. 한참을 지켜본 후 무거운 마음으로 시간을 보니 열한 시가 훌쩍 넘어가고 있었다. 후다닥 도로로 나와 택시를 기다리는데, 휴대전화에 유치원 번호가 떴다. 울며 들어간 서준의 모습이 아른거리며 다시 한번 하경의 가슴이 덜컥 내려앉았다.

　무슨 일이죠, 선생님?
　무슨 일은 아니고요, 어머니. 혹시 병원에서는 별말 없었나요?
　네. 그런데 서준이는 괜찮은가요?
　처음에는 들어오기 싫다고 오 분 정도 문 앞에 서 있었는데 금세 들어와 블록 놀이를 하고 있어요. 유치원 부주의로 발생한 일이라 병원비 청구가 가능한데 필요하시면 서류 보내드릴까요?

　국공립 유치원이라 보험을 들어놨으므로 병원비 청구가 가능하다고 했다. 하경은 잠시 망설였다.

　아니에요, 기본 진료비밖에 안 나왔어요.
　아, 그러면 따로 청구 안 해드려도 될까요? 혹시 이후라도 문제가 발생하거나 하면 꼭 다시 연락해 주세요.
　알겠습니다. 저 선생님.
　네. 말씀하세요.
　오늘 서준이 잘 부탁드릴게요.

하경은 아이를 기관에 맡긴 후 처음으로 잘 부탁한다고 말했다. 회사로 돌아와서도 일이 손에 잡히지 않았다. 바쁜 엄마 때문에 서준이는 태어나자마자 여러 기관을 전전하며 자랐다. 한창 재롱을 피우고 사랑받아야 할 나이였다. 그 예쁜 모습을 기관 선생님들에게 받은 영상으로만 볼 수 있었다.

다른 부모라면 이런 상황에서 어떻게든 아이를 위해 시간을 냈을 것이다. 그럴 수 없는 자신의 처지가 서글펐다. 겨우 마음을 다잡고 일에 집중하려 애썼다. 일을 하느라 시간 가는 줄도 몰랐는데 어느새 점심 식사를 하고 돌아온 직원들이 하나둘 자리에 앉기 시작했다.

직원들의 손에는 아이스크림이며 커피 등이 들려 있었다. 얼음을 동동 띄운 아메리카노를 보니 목이 말랐다. 배에서 꼬르륵 소리도 났다. 하경은 밥 먹을 시간이 없다. 오전 시간을 통째로 날렸기 때문에 전표 정리를 오늘 안에 마무리해 각 거래처에 넘기려면 밥 먹는 시간은커녕 화장실에 가는 것도 사치였다.

밤 여덟 시가 넘어도 일이 끝나지 않았다. 유치원에서 방과 후 보육을 맡아주는 시간은 최대 여덟 시까지다. 서준이는 오늘도 깜깜한 밤이 되도록 홀로 교실에 남아 약속을 지키지 않는 엄마를 원망하고 있을 테지. 울면 안 된다고, 우는 건 씩씩하지 못한 행동이라고 나무라는 선생님들 때문에 차마 크게 울지는 못하고 눈에는 미처 흘리지 못한 눈물을 머금은 채 기다렸을 것이다. 첫째 서진이에게 전화를 걸었다.

서준이 잘 데리고 왔어?
응.
서준이 별말 없었고? 너는 학교에서 별일 없었니?

어린 서준이는 변신 로봇을 사지 못해 떼를 쓰고 싶을 텐데 떼를 받아줄 엄마가 없어서 눈물로 삼켜야 했을 거다.

응.
배 안 고파? 냉장고에서 반찬 꺼내서 밥 먹어. 엄마가 어제 서진이 좋아하는 어묵볶음이랑 감자채볶음

해놨어.

응.

올해 초등학교 오 학년이 된 서진이는 하경이
가 어떤 질문을 하든 단답형으로 답한다. 어떤 때
는 그조차 하지 않는다. 전화니까 마지못해 답을
해 주는 것이다. 그래야 전화를 끊을 수 있기 때
문이다. 첫째는 이제 막 사춘기 진입로에 선 것
같다. 서진이의 사춘기와 단답형 대답은 서운하
지 않다. 서진이가 없었다면 눈앞에 펼쳐진 험난
한 길들을 어떻게 헤쳐 나갈 수 있었을 것이며 서
준이는 또 누가 책임져 주었을까. 아이가 둘이라
버거울 때도 있었던 한편 둘이었기 때문에 견디
고 버틸 수 있었다.

열두 시가 넘어서야 겨우 거래처에서 부탁한
전표들을 넘겼다. 퇴근해서 집에 도착하니 새벽
한 시가 다 되어간다. 일부러 집에서 멀지 않은
회사에 취직했건만 퇴근 시간이 이리 늦어지면
그런 게 다 무슨 소용이랴.
자그마한 거실 밥상 위에는 먹다 남은 컵라면

용기가 덩그러니 놓여 있고 아이들은 그 곁에 널
브러져 잠들어 있다.

역시나 밥을 먹지 않은 모양이다. 면발이 국물
을 모두 흡수해 퉁퉁 불어 터진 면이 든 컵라면
용기 한 개와 국물까지 들이마셔 바닥이 보이는
용기 한 개가 자신과 아이들의 처지를 대변하듯
처량 맞았다. 하경은 그 처량 맞음에 진저리가 나
불어 터진 라면을 얼른 싱크대 개수대에 부어 버
렸다. 식어 빠진 라면 냄새가 올라와 허기진 배를
자극했다. 이런 상황에 식욕이라니. 식욕이란 때
로 참으로 염치없는 것이라고 하경은 생각한다.
그러고 보니 종일 아무것도 먹지 못했다. 냉장고
를 열고서 엊그제 산 열무김치를 꺼내 고추장에
밥을 비볐다. 하경은 허겁지겁 밥을 입에 욱여넣
고 얼른 설거지를 해치웠다.

서준은 자동차 장난감을 끌어안고 잠들어 있
다. 이불도 덮지 않았다. 잠에서 깨지 않도록 장
난감을 살짝 빼고 이불을 가져와 아이들에게 덮
어 주었다. 아이들의 얼굴에는 달빛을 받은 커튼
의 그늘이 드리워져 있었는데 누군가는 아름답
다고 여길 수 있을 것 같은 이 광경이 하경에게는

섬뜩했다. 고단하기만 했던 자기 인생의 그늘이 어린 자식들의 잠든 얼굴에까지 내려앉은 것 같아서, 아니 내려앉을 것 같아서 겁이 났다. 하경은 벌떡 일어나 커튼을 쳐 빛을 아주 차단해 버렸다. 완벽한 어둠과 적막이 도리어 하경의 마음을 안정시켰다.

주완과 이혼할 당시에도 부모님은 인내심을 운운했다. 하경은 자신의 결혼 생활에 대해 부모님께 왈가왈부하지 않았다. 본디 성격 자체가 누군가에게 시시콜콜 떠드는 스타일도 아닐뿐더러 특히 부모에게는 말한다고 해서 달라질 게 없을 것임을 알았다. 무슨 말을 해도 참으라는, 결혼해서 애가 둘이나 있는 여자는 그저 참고 사는 게 제일이라는 답변만 돌아왔을 게 뻔했다. 힘들다고 하면 하경을 달달 볶으며 몰아세웠을 것이다. 부모님은 사람들과 어울릴 때면 깨어 있는 척 아량 넓은 척 자신들의 실체를 숨기고는 했다. 그러나 유교 사상과 남아선호, 가부장적 사고 따위를 누구보다 지지하고 실천하는 분들로, 생각 자체가 고리짝에 머물러 있는 사람들이었다. 신념 또한 강해 그들을 바꿀 수도, 반박할 수도 없었다.

그 본보기로 어머니는 실제로 모든 걸 참고 살았다. 일이 끝나고 오 분 늦게 집에 와 아버지 저녁상이 늦어졌다는 이유로 두들겨 맞고 온몸에 멍이 들어도, 반찬이 부실하다는 이유로 남편이 칼을 휘둘러도 참았다. 그리고 그 상처를 남편의 화를 인내한 아내의 훈장이자 특권처럼 여기며 영예로워하는 척했고 하경에게도 부러 들춰 보여주고는 했다. 어머니의 삶 전반을 덮은 폭력과 부부싸움의 참상은 아무리 숨기려고 해도 드러났다. 그에 대항해 언제나 가출이라는 무기를 들이대며 시위를 해 온 것만 봐도 말이다. 하경은 끔찍했다. 그 상처를 들이미는 어머니도 자신의 어린 시절이 폭력에 대한 굴종으로 점철되어 있는 것도.

그들은 양쪽 부모가 있는 정상적인 가정에서 아이들을 키웠다는 것을 자부심으로 여겼다. 단 하루도 행복은커녕 마음이 편한 날조차 없었는데 정상적인 가정이라니. 그녀는 자신의 가정 환경이 정상의 범주에 들어주었으면 하는 마음은 가져 본 적도 없다. 하루라도 조용하기만을 바랐으며 부모의 이혼을 진심으로 기도했다. 세상에 신이 있다면 하경의 이토록 간절한 기도를 외면하지 않았을 텐데 신조차도 그녀의 삶 속에는 부재했고 그걸 알게 된 이후로는 하루빨리 자라서 그들 곁을 떠나는 게 유일한 소원이 됐다. 하경의 꿈은 오직 하나였다. 저들처럼 살지 않는 것.

결혼을 빨리 한 것도 그래서였다. 비극에서 벗어나려고, 벗어나서 보란 듯이 세상이 말하는 정상적인 범주 내의 삶을 살아 보려고. 원하던 대로 그들과는 다른 삶을 살았지만, 삶은 다른 방식으로 하경의 뒤통수를 갈겼다. 삶이 자신에게 호의를 베푼다고 여긴 적은 없었으나 그렇다고 이렇게까지 모질게 굴 줄은 누가 상상이나 했겠는가. 삶이란 실낱같은 행복 몇 가닥을 동아줄 삼아 끊어질 듯한 비극을 엮어 오르는 것이라고 누군가 알려 주었더라면 결혼 같은 건 하지 않았을 것이다. 같은 상황이지만 색깔만 다른 비극을 경험해 보려는 바보는 없을 테니까.

주완과는 직장에서 만났다. 회사는 대형 배송 업체로 하경은 총무팀 경리였고 주완은 배송 영

업팀 대리였다. 성실하고 사내 평판이 좋은 청년이었다. 싹싹한 성격만큼이나 실적도 좋아 동기들보다 승진이 빨랐다. 무엇보다 조용히 일만 하던 하경에게 적극적으로 다가와 다정다감하게 군 유일한 사람이었다. 늘 혼자였던 하경은 주완을 알게 된 후 회사 생활이 외롭지만은 않았다. 주완의 주도로 둘은 진지한 만남을 갖게 됐고, 만나다 보니 그의 부모님께도 인사를 가게 되었다. 그 집을 방문한 첫날 하경은 결혼한다면 이런 남자와 해야 하는 거라고 단박에 결정지을 정도로 행복했다.

주방에서 가족들이 먹을 요리를 직접 만들어 내오시던 아버지, 아버지로부터 어떤 통제도 받은 바 없었음이 분명한 자신감 넘치던 어머니, 주완보다 하경을 더 따뜻하게 대해주던 친절한 누나들까지. 누나는 총 세 명이었다. 숫자가 많아 마음에 조금 걸리기는 했지만, 집안에 깔깔거리는 웃음소리가 끊이지 않았다. 하경의 집에서는 평생을 살아도 볼 수 없던, 인위적으로 꾸며내려야 낼 수도 없는 화목이 집안 곳곳에 스며 있었다. 시간 가는 줄도 모르고 그 속에 취해 있다가 집으로 가려는데 누나 중 한 명이 하경을 불러 종이 가방을 불쑥 내밀었다.

이거.
이게 뭐예요?
아까 아빠가 쿠키 여분으로 더 구웠다네요. 하경 씨 부모님 가져다드리라고.

하경은 감격한 표정을 숨기지 못하고 선물을 받아 들었다. 멍하니 서 있던 하경을 주완이 안아 토닥여 주었다. 주완은 하경에게 애정 표현을 할 때에도 가족들의 눈치를 보지 않았다. 그 점도 마음에 들었다. 그날 밤 주완은 하경을 한강 공원으로 데리고 갔고 둘은 이런저런 대화를 나누다 눈이 마주쳐 입을 맞추었다. 주완의 입술도 세상의 공기도 따스하게 느껴졌다. 이후에도 몇 차례 주완의 집을 방문했고 그때마다 변함없는 환대를 받으며 하경은 이 집의 구성원이 되고 싶다고 생각했다. 꿈은 이루어진다고 했던가. 얼마 지나지 않아 주완이 프러포즈를 해왔다. 한 치의 망설임도 없이 하경은 받아들였다.

결혼이라는 그 큰일을 준비하는데도 다툼 한 번 없었다. 주완은 모든 걸 알아서 하라고 하경에게 주도권을 주었다. 무언가를 주도해 본 적이 없던 하경은 주완이 자신을 존중해 주는 방식이라 생각했고 고마웠다. 어느새 그녀는 새하얀 웨딩드레스를 입은 행복한 신부로 예식의 주인공이자 한 남자의 아내가 되었다. 보수적이기만 하던 부모님들조차 주완의 서글서글함에 반해 신랑감에 대해 별다른 토를 달지 않았고 난관 없이 결혼에 골인할 수 있었다. 결혼을 결심한 후 모든 일이 일사천리로 진행됐다. 마법처럼. 이런 게 운명이구나 싶을 만큼. 하경 인생에 다시 없을 순조로움이었다.

친정어머니는 **하나하나 일일이 따지다 보면 결혼 못 해, 원래 결혼 같은 큰일은 그렇게 정신없이 치러져야 이후 인생도 순탄하게 흘러가는 법이야.** 라고 말했다. 그럼 당신은 하나하나 따지며 피곤하게 굴어 인생이 순항하지 않았던 건가. 그렇게 고르고 고른 게 아버지였고. 어쨌든 하경은 지금까지 살아왔던 것과는 다른 방향으로 인생이 펼쳐질 것 같

아 벅찼다. 앞으로의 삶은 부모님에 의해 좌지우
지되는 것이 아닌 본인의 뜻대로 이루어 갈 수 있
을 것 같았다.

이런 느낌을 행복이라 말해도 된다면 정말로
행복했다. 그만큼 주완이 좋았고 믿음직스러웠
다. 신혼 초, 하경이 소파에 누워 드라마를 보고
있을 때였다. 주완은 마른오징어를 구워 간장 소
스 위에 마요네즈 한 방울을 얹어 가져다주고는
목이 마를세라 자몽 에이드도 만들어 갖다 바쳤
다. 세상에서 가장 행복한 새댁이 된 그녀가 주완
을 바라보며 물었다. 오징어의 짭쪼름하고 구수
한 맛을 잘근잘근 씹으면서.

내 어떤 점에 끌렸어?

주완은 일 초의 망설임도 없이 답했다.

자기, 착한 것 같아서.
에게. 그게 이유야?
응, 난 착한 여자가 이상형이야. 이해심이 많은 여
자. 같이 살려면 성격이 제일 중요하지. 안 그래?

그렇긴 하지. 근데 나 그렇게 착하지 않은데.

그래? 그럼 심각하게 이혼을 고려해 봐야겠는걸.

　주완의 말에 하경은 깔깔 웃었다. 유머 코드마저 통한다고, 도대체가 안 맞는 부분이 우리에게 있기는 한 거냐고 생각했다. 그때는 몰랐다. 그 말의 의미를. 정말 아무것도 눈치채지 못하고 눈치챌 수도 없었으므로 천치처럼 웃었다.

　만나는 동안 보았던 대로 주완은 열심히 일했고 집안일에도 소극적이지 않았다. 자신의 아버지가 그랬던 것처럼 요리도 곧잘 했다. 쉬는 날 하경은 주완이 만들어 준 봉골레 파스타라든가 감바스 같은 것들을 먹었다. 탄산이 톡톡 터지는 칸티 모스카토 다스티와 함께. 그는 유튜브 요리 채널을 보며 요리를 따라 하는 걸 즐겼다. 하경의 아버지는 라면도 끓일 줄 몰랐기 때문에 요리의 맛을 떠나 그저 주완이 요리하는 모습만 봐도 여간 기특한 게 아니었다. 하경은 그 모습을 카메라에 담았고 완성된 요리 사진과 함께 SNS에 올렸다. 친한 사람이 없으니 SNS를 개설하고도 알릴

곳이 없었다. 사진을 올려도 댓글을 다는 사람은 모르는 사람들뿐이었다.

이방인들은 하경의 사진 속 행복에 대해 부럽다고 댓글을 남겨 주었다. 살면서 전혀 만날 수도 알 수도 없었을 사람들과 소통할 수 있는 온라인 세상은 언제 마주해도 신기했고 낯선 사람들의 애정 어린 관심을 받을 때면 아는 사람들이 보여주는 관심과는 또 다른 차원의 짜릿함으로 행복이 배가 되는 것 같았다. 사람들이 왜 시간과 돈을 투자하면서 심지어는 악성 댓글에 시달리는 상황 속에서도 이런 것에 중독되어 놓지 못하는지 이해하게 됐다. 그전까지는 그러니까 주완을 만나기 전까지는 왜 사람들이 자신의 허세 허영 가득한 삶을 타인들에게 전시하지 못해 안달일까 욕했으면서도.

주완이 화장실에 갔다 올 적마다 변기에 소변을 묻히고 나오고 양말을 뒤집어서밖에 벗어 놓을 줄 모른다는 것과 주말마다 내리 침대에 거머리처럼 붙어 잠만 종일 잔다는 것, 게임 중에는 분노 조절을 못 해 욕을 하며 음성 틱이나 ADHD 성향까지 보인다는 것은 SNS에 올리지 않았다.

누군가는 그런 사소함에 예민해 정나미가 떨어진다고도 하는데 하경에게 그런 소소한 결점은 결점도 아니었다. 잔소리 없이도 눈감아 줄 수 있었다. 그런 결점 정도는 오히려 인간적으로 보여 사랑스럽게 봐줄 수도 있었다.

그런데 그럴 수 없는 것들도 있었다. 다른 사람보다 내공이 깊다고 생각했던 하경의 인내심으로도 도저히 납득할 수 없는 결점. 주완의 알코올 중독은 하경이 견딜 수 없을 정도였다. 아니, 문제는 술보다 행동이었다. 술만 들어가면 주완은 평소와 전혀 다른 사람이 됐다. 하지 말아야 할 행동을 했다. 너무도 당당하게. 당당하다 못해 뻔뻔스럽게. 결혼 생활이 안정 궤도에 오르고 삶이 평탄해지니 주완의 내면에서 말썽을 일으키고 싶은 아드레날린이 솟구쳤던 걸까. 굴곡 없는 결혼 생활의 지루함으로 미쳐 날뛸 일탈이 필요해서?

어느 날부터인가 술 마시는 날들이 늘며 주완은 생활비를 가져다주지 않았다. 내 집 마련을 위해 하경도 계속 일을 했기 때문에 주완의 월급 없이도 그럭저럭 생활은 해 나갈 수 있었다. 하경이 참을 수 없었던 건 돈이 떨어지면 사채를 끌어다 썼다는 것이다. 그것도 함께 술을 마시던 노래방 도우미 아가씨들을 위해. 젊은 아가씨들이 그런 곳에서 일하며 고생하는 게 안타깝다고 꺼이꺼이 우는 주완을 하경은 두들겨 패고 싶었다. 패서라도 정신이 차려진다면 얼마든지 그러고 싶었다. 하경이 술을 마시지 못하니 함께 마실 사람이 필요했나 싶어 술을 배워 마셔보기도 했다. 그런데 그게 아니었다. 그는 술친구가 필요한 게 아니었다.

어떤 날은 아가씨인지 아저씨인지 모를 노란 머리의 덩치 큰 여자를 데려와 좁은 집 방 한구석을 차지하고 함께 잠들어 있던 때도 있었다. 기가 막혔지만 하경은 함구했다. 자신의 그릇이 작아서 인내심이 힘을 발휘하지 못하고 큰일을 벌일까 봐 꾹 참았다. 다들 그렇게 산다는 부모님의 거짓말을 떠올리며 참고 또 참았다. 내면에서 이글이글 끓고 있던 화산이 기어이 용암을 분출해낸 건 둘째 서준을 낳고 백일도 안 돼서였다. 그날은 한 명이 아니었다. 불쌍하고 가엾고 화려한 아가씨들을 무려 양쪽에 끼고 왔다. 수유 중이던 하경은 가슴 주변에 모유가 다닥다닥 굳어 달라

붙은 늘어진 수유 셔츠를 입고 있었다. 스스로 생각해도 꼴 보기 싫을 만큼 추레한 몰골로 문 앞을 막아섰다.

우리 애 아직 너무 어려. 아무나 집에 들이지 마. 위생에 신경 써야 해.
헐. 우리가 무슨 바이러스라도 된다는 거야?

한 아가씨가 콧방귀를 뀌었다. 나머지 한 명은 훌쩍거리며 억지 눈물을 쥐어짰다. 주완은 아가씨들을 달래 주다가 가여운 그녀의 눈물을 보더니 갑자기 몸을 틀어 하경의 따귀를 날렸다. 어찌나 세게 쳤는지 하경은 그 자리에 쓰러졌다. 뺨에 손을 갖다 대어 보니 볼이 붓고 불에 타고 있는 것처럼 뜨거웠다. 그때 부모님이 떠올랐다. 참아야 한다고 다그치기만 하던 부모님의 형상이. 매일 같이 싸우고 죽네 사네 마네 하고 육탄전 속에서 적군처럼 으르렁거렸어도 아버지가 여자를 끼고 오는 일은 본 적이 없다. 그것도 양쪽에.

뭐. 위생. 위생 같은 소리하네. 야, 네 꼬라지를 봐.

그게 네가 말하는 위생이냐. 참 나 어이가 없어서 진짜. 혹시 주제에 건강 염려증이라도 있는 거야. 불쌍한 아가씨들한테 그게 할 소리냐고. 따뜻한 집에서 밥 처먹고 아무 때나 퍼질러 잠이나 자대니까 이런 분들의 고단한 삶을 알 수가 있나. 안 그래도 불쌍한 사람들한테 함부로 지껄이지 마. 나 못 참아.

나가. 당장 나가. 지껄이는 소리 듣기 싫으면 나가라고.

하경은 얻어맞아 주저앉은 상태에서 소리를 고래고래 질렀다. 정신을 차리고 일어나 온 힘을 다해 그 인간들을 내쫓았다. 내쫓고 밀다가 넘어지면 오뚝이처럼 일어나 몰아냈다. 고의였는지 아니었는지 모르겠지만 한 아가씨의 힐이 넘어져 있던 하경의 손을 밟았다. 뼈가 으스러지는 것 같았다. 하경은 비명이 허공을 갈랐다. 옆집에서 문을 빼꼼 열고 이쪽을 들여다보는 시선이 느껴졌다. 시선조차 혐오감이 일었다. 하경이 소리쳤다.

뭘 봐. 저놈의 인간들은 왜 이렇게 남의 일에 관심이 많은 거야 대체. 왜. 무슨 구경거리 났어.

아, 시끄러우니까 그렇지. 이 여편네야. 조용히 좀
살자 좀. 하루가 멀다 하고 그렇게 소리 지르고 나불
대는데 그럼 안 보게 생겼어.

하루가 멀다 하고 소리 지르고 떠들고 나불댄
건 하경이 아니었다. 하경은 그런 적이 없다.

미친 여자예요. 죄송합니다. 들어가세요, 아주머니.

주완이 매우 차분하고 정중한 어조로 말했다.
자신은 신사여서 이런 진흙탕 싸움과는 아무런
관련이 없는 것처럼. 하경이 정말 미친 여자처럼
보이도록. 옆집 아주머니는 눈을 굴려 넷을 번갈
아 보더니 혀를 차며 문을 쾅 닫고 들어갔다.
아이들을 지켜야 한다. 아이들에게 계속해서
이런 꼴을 보게 할 수는 없다. 그 때문에라도 더
는 그 빌어먹을 인내심 따위 발휘하지 않으리라.
자라는 동안 부모로부터 배워왔고 층층이 퇴적
된 감정. 가장 믿었던 인간에게서 비롯된 불신과
적대감을 잠시 잊고 있었다. 그 감정이 울컥 차올
라 식도로 넘어왔다. 토가 나올 것 같았다. 그녀

는 변기를 부여잡고 구역질했다. 위액이 쏟아졌다. 모든 걸 다 쏟아 내고 싶었다. 아무것도 남지 않도록 전부 게우고 싶었다. 그것들을 변기 물과 함께 내려보내고 구질구질하기만 한 자신의 삶도 함께 떠내려가기를 바랐다.

탈진 상태로 화장실 앞에 쓰러져 있으려니 서진이 물을 가져왔다. 서진은 옷소매로 연신 눈물을 훔쳤다. 어린 나이에 벌써 소리 내지 않고 울고 있다. 가르쳐 주지 않아도 저절로 배우는 것들이 있다. 하경은 아이들이 삼키고 있는 울음이 그러하다고 생각했다.

엄마, 괜찮아? 여기 물 마셔. 엄마도 나 장염 때문에 토하고 나면 물 가져다줬었잖아. 수분이 빠져나가서 보충해야 한다고 했잖아.

고마워, 미안해 아들. 근데 현관문이 아직 열려 있네.

서진이 문을 잠그러 가려는데 경찰들이 들이닥쳤다. 놀란 서진이 뒤로 물러섰다.

실례합니다. 신고가 들어와서요, 잠시 몇 가지 여쭈

어도 되겠습니까.

　서진은 하경의 뒤로 숨었고 서준은 울고불고 난리가 났다. 저 핏덩이가 얼마나 배가 고팠는지 아니면 직감으로 상황을 느꼈는지 빨개진 얼굴로 악을 쓰고 발버둥을 치며 울었다. 하경은 겨우 몸을 추스르고 서준을 안았다. 현기증이 나서 다시 쓰러질 뻔했는데 경찰 한 명이 잡아 주었다. 하경은 자신도 모르게 경찰의 팔에 몸을 의지하고 있었다.

　조심하십시오. 아기도 안고 계신데.
　감사합니다. 별일 아니에요. 돌아가셔도 돼요.

　경찰은 몇 가지 형식적인 질문을 한 뒤 주변을 살피고는 무슨 일 있으면 연락을 달라며 일어섰다. 아까 밟힌 손등에서 피가 흘렀다. 경찰이 피를 보며 묻는다.

　손등에 피가. 혹시 폭력이 오갔습니까. 치료가 필요할 것 같은데.

괜찮아요. 문에 좀 긁혔어요. 정말로 무슨 일이 생기면 연락드리겠습니다.

마음의 상처가 너무 쓰라렸는지 손의 상처는 아무렇지 않았다. 아픔도 느껴지지 않았다. 마음을 제외한 모든 신경이 무감각해진 것 같다. 경찰이 꺼림칙한 표정으로 현관을 나섰다. 하경이 문을 나서는 경찰에 말했다.

소란을 피워 죄송하다고 옆집에 전해 주시겠어요.

다음 날 늦게 눈을 떴다. 하경의 손등에는 노란 바탕에 뽀로로 무늬 반창고가 잔뜩 붙어 있었다. 엎드려 잠들어 있는 서진의 옆에는 구급약 상자가 열린 채로 놓여 있었다. 이걸 붙이면서 얼마나 울었던 건지 서진의 얼굴에는 엊저녁 흘린 눈물 자국이 그대로 말라 굳어 있다. 서진이는 뽀로로 반창고가 모든 상처를 덮고 치유해 준다고 믿는다. 넘어지고 까진 상처에 반창고를 붙이기 싫다며 도망갈 때마다 하경이 그렇게 이야기했으니까. 하경은 손을 움직여 보았다. 부어서 잘 움직

여지지 않았다. 밴드가 너무 많이 붙어 있어서 움직임이 둔해진 건지도 모르겠다. 서진은 하경의 가슴팍에도 아끼는 네모난 뽀로로 반창고를 세 개나 붙여 두었다. 어제 가슴을 두드리며 답답해하는 걸 본 모양이다.

시어머니한테 전화를 걸었다. 전에 없이 목소리가 쌀쌀맞다. 어제 있었던 일에 대해 자초지종을 설명하려는데 어머니가 먼저 말을 막았다.

생판 남인데 앞으로 나한테 전화하지 말거라.
네?

순간 하경은 주완에게 자신들이 싸운 이야기를 들은 건가, 하고 생각했다. 하경이 알기로는 주완도 이런 문제에 대해 부모님과 상의하거나 달려가 이야기할 사람은 아니었다.

주완이 저거 결혼시켜야 한다고 그 집 식구들이 하도 입단속해서 내 말 안 하려고 했다만 이왕 통화하게 된 거 말해 버리고 깔끔히 정리해야겠다. 나 그 집에 안 산 지 오래다.

네? 그게 무슨….

　그러고 보니 이번 명절에도 못 갔고 하경이 둘째를 낳았을 때도 시댁에서는 오지 않았다. 본래 산부인과는 면회객에 대해 제약이 많으니 서로 그러려니 했다. 태어난 아기의 사진을 보내드렸는데 답은 없었다. 하경 또한 누군가를 살갑게 대하는 성격이 못 됐기에 오히려 자주 보는 게 불편해서 서운하지도 않았다. 어머니를 뵌 지가 언제였더라. 하경은 손가락으로 날짜를 세어 보았다.

　여직 몰랐니? 하긴 뭐 말 안 하면 알 턱이 있나.
　무슨 말씀이세요.
　나 주완이 세 번째 엄마다. 호적상 세 번째. 그놈의 엄마가 몇 명이 더 있는가는 모르겠다만 어쨌든 너도 참 복도 지지리도 없지. 어쩌다 이런 시댁을 만나서. 내가 주완 애비 등쌀에 주완이 배다른 누나들에 그 자식 돈 달라는 말에 얼마나 시달렸는지 말도 못 해. 대충 그렇게만 알아라. 그 이상은 나도 말 못 하니까. 이 망할 놈의 집구석 더는 못 살겠어 떠난 거니 앞으로 나한테 연락할 생각도 하지 말고. 전화번호도 곧

바뀔 거다.

　하경이 무어라 말할 새도 없이 전화가 끊겼다. 육아 휴직 중이어서 회사를 안 가도 되니 하루 종일 멍하니 있을 수 있었다. 갓난아기인 서준이 배고프다고 보채도, 서진이 유치원에서 돌아와도 브레인포그 상태를 벗어나지 못했다. 과시는 결핍이라고 누가 그랬더라. 하경은 그제야 느끼게 됐다. 주완의 집에 갔을 때 보았던 행복에는 어딘가 석연치 않은 구석이 있었음을. 그 행복은 오랜 기간 가정을 꾸리고 산 가족들이 뿜어내는 것이라기에 지나치게 빈틈없는 모습을 하고 있었다.

　물론 그런 완벽한 행복을 유지하고 사는 집이 없지야 않겠지만 아무리 생각해도 그건 꾸며진 모습에 가깝다는 걸 그때는, 그 안에 속해 있을 때는 알 수가 없었다. 정신을 차린 뒤 제일 먼저 한 일은 아이들을 데리고 동사무소에 가는 거였다. 요즘은 온라인으로도 서류를 뗄 수 있지만 하경은 바람이라도 쐬야 정신을 차릴 것 같아서 직접 이혼 서류를 가지러 갔다. 한 손은 서진의 손을 잡고 나머지 퉁퉁 부은 손으로는 서준을 태운

유아차를 밀면서. 머리는 봉두난발하고 눈은 초점을 잃은 채로. 사람들이 흠칫 놀라며 하경을 피하는 게 느껴졌다. 어떤 사람들은 아기 엄마 괜찮냐고 묻기도 했다. 간만에 바깥으로 나온 서진은 들뜬 마음에서였는지 다른 사람들을 신경 쓰지 않았다. 엄마 손을 잡고 폴짝폴짝 뛰며 따라왔다.

엄마 이제 상처 다 나았지.

서진은 자신이 붙여 준 너덜너덜해진 뽀로로 반창고를 뿌듯하게 바라보며 물었다. 그런 서진을 보며 하경은 온 힘을 다해 싱긋 웃었다. 웃음이 웃음으로 보였을지는 모르겠지만.

예상대로 부모님은 노발대발했다. 우리 집안에 이혼이란 있을 수 없다며, 아직 아무도 이혼한 사람이 없는데 네가 스타트를 끊을 거냐며, 천하의 몹쓸 잡것이 또 참지를 못하고 기어이 일을 저질렀다며 절연을 선언했다. 아직 한 건 아니고 전화를 걸어 서류를 접수할 거라고 이야기를 하기도 전에 눈치를 채고 날아온 말들이다. 그래서 작정

하고 이야기를 해 버렸다.

　부모 입장에서는 당연히 하경이 잘 살고 있겠거니 했을 텐데 느닷없이 이혼이라는 단어를 들었으니 그야말로 날벼락 같은 통보를 받은 거나 다름없다. 어느 집이라도 이런 상황에는 저런 반응이지 않겠는가. 그러나 그 마음을 헤아릴 만큼 하경은 여유롭지 못했다. 욕심인 줄 알지만 왜 그랬는지 무엇이 하경을 참을 수 없게 했는지 그들은 물어야 했다. 자식에게 겪었던 상황을 이야기할 기회 정도는 주기를 바랐다. 위로까지는 아니더라도. 아이들을 낳아 키우며 하경에게 부모는 더욱 이해할 수 없는 존재가 됐다. 이럴 걸 잘 알기에 무엇이든 숨기기에만 급급했던 지난날들이 주마등처럼 스쳐 지나갔다.

　가장 힘든 건 하경일 텐데도 이때조차 부모님은 본인들의 체면만 걱정하며 괴로워했다. 딸의 처지는 방관하고 자신들에게 닥칠 불편한 상황만 앞세우며 몰아붙일 때마다 하경은 죽고 싶었다. 아무도 이해해 주는 사람이 없는 인생이 지긋지긋해서 기댈 곳 하나 없는 처지가 막막해서 아이들을 보며 삶 속에 한 가닥 남은 의욕마저 잃어버렸다. 신혼 초 딱 한 번 주완이 해준 요리 사진을 보낸 적이 있다. 그것만 보고도 어머니는 크게 감동하며 세상에 이런 남편이 어디 있냐고 황홀해했었다. 그래서 지금쯤 모든 게 하경의 잘못이라고 단정하며 요리를 해 주는 자상한 남편인 주완의 마음을 돌릴 궁리를 하느라 여념이 없을 거다. 주완에게 전화해서 설득하고 빌고 인내심도 싸가지도 없는 하경을 대신해 무릎이라도 꿇을 것이다. 주완이 전화만 받았더라면.

이후 부모님으로부터 정말로 아무런 연락도 없었다. 그간은 가끔이기는 해도 하경이 바쁠 때마다 육아며 살림에 대한 도움을 받았었는데 이제 그마저도 할 수 없게 되어버렸다. 부모님께 이혼에 대한 전후 사정들을 이야기하지 않은 건 어쩌면 잘한 일이다. 사정을 알고도 하경의 인내심을 조롱하는 말들을 퍼부었다면 지금보다 더 참담했을 테니까. 주완은 두말없이 이혼 서류에 도장을 찍어 등기로 보내주었다. 아빠로서 양육권을 주장하지도 않았다. 허무할 만큼 깔끔하고 빠른 정리. 한때 몸을 섞어가며 사랑했던 관계가 종이 한 장으로 남이 될 수 있다는 현실을 겪는 건 생각보다 허망했다.

양육비는 애초에 바라지도 않았다. 재산 분할이랄 것도 없었다. 집은 하경이 결혼 전 악착같이 모은 돈 사천과 친정에서 눈 흘기며 보태준 천만 원으로 보증금 오천을 낀 월세였으니 나눌 건더기도 없었다. 혼수도 그때그때 필요한 걸 할부로 하경이 장만했다. 그러고 보니 주완이 하경에게 다 떠맡긴 거 말고는 한 게 없었는데도 주도권을 넘겼다며 기뻐했고 지긋지긋한 집을 떠날 수 있다는 생각에 눈이 멀어 아무것도 계산하지 않았다. 그저 주완 같이 화목한 가정에서 자란 싹싹하고 성실한 남자가 자기 같은 여자를 선택했다는 것에만 정신이 팔렸었다. 이렇게 되고 나서야 상황이 하나둘 객관적으로 보이기 시작했다. 우리는 얼마나 눈 먼 삶을 살아가고 있는가.

열렬하게 사랑하지 않았다고해서 아무렇지 않은 것은 아니었다. 사랑의 무게에 비해 너무도 열렬히 힘들어서 화가 날 지경이었다. 사랑보다 도피의 비중이 큰 결혼이었더라도 불행하기를 바란 적은 없다. 그런데 불행해졌다.

주완의 마음이 어떤지는 알 수 없다. 다만 확

실한 건 그가 돌아올 확률은 없다는 거다. 돌아설 때 그의 눈빛이 그렇게 말했다. 버림받을 때 상대의 눈빛이 하는 말에 대한 통찰력이 하경에게는 있었다. 눈칫밥을 먹고 자라고 인내가 살이 되어 붙으면 그런 것쯤은 절로 터득하게 된다. 주완이 어떤 마음으로 하경과 결혼했는지 궁금했다. 세 번째 어머니란 분의 말을 들으니 어쩌면 그도 도피처가 필요했는지 모른다. 착한 여자. 착한 마음으로 어떤 만행도 너그러이 이해해 줄 안식처.

아이들은 자면서도 뛰어노는 걸까. 덥지도 않은데 잠든 서준의 머리칼이 땀으로 젖어 있다. 하경은 서준의 앞머리를 뒤로 넘겨주었다. 머리카락 밑에 감춰져 있던 봉긋하게 솟은 이마가 어여쁘다. 하경은 서준의 이마에 살포시 입을 맞추었다. 그리고 깊이 잠든 서준이의 얼굴에 대고 속삭였다.

오늘은 퇴근하고 꼭 서준이가 갖고 싶어 했던 변신 로봇 사 줄게.

서준이 마치 갓난아이가 배냇짓 하듯 방긋방긋 웃는다. 잠결에 엄마 말을 들은 것 같기도 하고 좋은 꿈을 꾸고 있는 것 같기도 하다. 그러나 평일 내내 바빠 변신 로봇을 사 주겠다는 약속을 지키지 못했다. 그래서 주말이 되자마자 하경은 약속을 지키기 위해 나섰다. 오랜만에 엄마와 함께 나온 아이들은 달뜬 마음을 주체하지 못하고 날뛰었다. 밀고 장난치다가 진열된 과자와 초콜릿을 떨어뜨리기도 했다.

너희들, 엄마 말 듣지 않으면 원하는 장난감을 살 수 없어. 그냥 집으로 돌아갈 거야.

아이들은 잽싸게 떨어뜨린 과자와 초콜릿을 진열대에 올려놓았다. 순식간에 풀이 죽어 장난감을 고르는 아이들을 보고 있자니 짠한 마음이 들었다. 마트만 나와도 이렇게 좋아하는데, 다친 마음을 추스르느라 핑계를 대며 소홀했다. 살아있는 유일한 이유가 아이들 때문인데. 이 아이들이 없다면 세상을 등져야 할 이유가 너무도 많은데.

서진아, 서준아.

응, 왜.

앞으로 엄마랑 주말마다 나올까. 동네 공원도 가고
이렇게 마트를 와도 좋고. 어때.

엄마 주말에 밀린 집안일 하느라 바쁘잖아.

서진이, 서준이랑 놀 시간은 만들어 볼게.

그래.

정말? 신난다.

서진이는 역시 단답형이다. 입가에 옅은 미소
는 잊지 않는다. 서준이는 어린아이답게 기쁨을
숨기지 못하고 함박웃음을 지으며 폴짝 뛰었다.
만개한 꽃 같다. 저 꽃이 지지 않게 해 주어야지
물도 주고 영양제도 주고 볕도 듬뿍 쏘여 주어야
지, 하경은 생각했다. 아이들에게 말썽부리지 말
고 장난감을 고르라고 단단히 일러두고 하경은
장을 봤다. 찬거리와 간식들로 카트가 가득 찼다.
맵고 짜고 자극적인 음식만 찾던 그녀의 식단은
아이들로 인해 변했다. 식약처 직원만큼이나 꼼
꼼하게 유통기한을 확인하고 첨가물과 성분들을
낱낱이 살폈다. 성분에 대해 잘 알지 못하면서도

확인해야 마음이 놓이는 거다.

과일과 채소는 유기농으로 골랐다. 육류와 생선은 모두 국산 제품. 해 줄 수 있는 게 많지 않으니 먹거리라도 좋은 걸로 해 주고 싶었다. 하경이 집에 없는 시간이 많기 때문에 그런 때에도 잘 먹고 쑥쑥 자라기를 바라면서. 그래도 라면만 먹을 게 뻔하지만 직장에 다니는 엄마로서 요리해 두는 것까지 소홀히 하면 직무를 유기한 것 같은 기분이 든다. 한참 제품 성분 보는 것에 몰두해 있는데 서진은 농구공을 서준은 커다란 상자에 든 변신 로봇을 들고 하경에게 달려왔다. 로봇의 크기에 비해 상자가 터무니없이 큰 걸 보고 눈살이 찌푸려졌다. 하경의 표정을 읽은 서준이 묻는다.

엄마 이거 싫으면 나 다른 거 살게.
아니야, 오늘은 서준이 사고 싶은 거 사. 서진이는
농구공?

서진이는 요새 친구들과 공놀이를 하느라 많은 시간을 보낸다. 땀을 뻘뻘 흘리며 집에 돌아와서도 골대에 슛을 넣는 시늉을 한다. 고작 공 하

나에 삼만 원이 넘는다. 공이 원래 그렇게 비쌌던
가. 아이들이 아니었으면 관심도 두지 않았을, 평
생 가격을 알 수도 없었고 알려고 하지 않았을 물
건들이 늘어간다.

서진이는 학용품이나 뭐 다른 거 필요한 건 없어?
학교에서 쓸 거.
응.
엄마, 서준이는 뭐 필요한 거 더 없냐고 안 물어봐?
그래, 우리 서준이도 필요한 거 있음 다 사.
없어. 히히. 엄마 서준이 기분 좋아. 엄마랑 같이 마
트 와서.

서준이는 둘째라 그런지 애교도 샘도 많다. 형
에게 하는 질문은 동생에게도 잊지 않아야 한다.
하경은 서준이의 통통한 볼살을 살짝 꼬집어 주
고는 아이들과 함께 계산대로 이동했다. 주말 낮
이라 그런지 계산대에 줄이 길게 늘어서 있다. 기
다리는 중에도 아이들은 두리번거렸다. 오랜만에
온 마트인지라 카트는 이미 가득 차고도 넘칠 지
경인데 계산대 앞 젤리와 사탕을 더 담으며 신나

했다. 하경이 그만 담으라고 눈을 흘겼지만 아랑곳하지 않았다. 그렇게도 좋을까.

저렇게 밝은데 부모 때문에 그늘이 생겨 버린 아이들. 어느 부모가 안 그렇겠냐마는 서진이와 서준이가 눈앞에서 웃고 떠드는 모습만 봐도 하경은 정말 자신이 낳은 아이들이 맞나 싶을 만큼 어여뻤다. 도저히 자신이 낳은 아이들이라고 믿기지 않았다. 이 세상에서는 볼 수 없는 신비스러운 존재들이 선물처럼 눈앞에서 사부작거리고 있다. 아이들이 아니었다면 알 수 없었을 마음, 아이들로 인해 덤으로 사는 것 같은 삶에 새삼 감사함을 느꼈다.

그녀 바로 뒤에는 남녀 커플이 있었다. 여자는 머리를 노랗게 탈색했다. 탈색으로 상한 건지 원래 그런 건지 머리카락이 좀 뻣뻣했다. 어린 시절 하경이 가지고 놀던 싸구려 마론 인형의 머리카락 같았다. 빗어도 빗어도 빗겨지지 않던 머리카락. 머리카락이라기보다 먼지가 수북이 쌓여 뭉친 빗자루 털 같은 그런. 윗부분에는 검은 머리가 많이 자라 있었다. 뿌리 염색이 시급해 보인다.

여자는 크롭티에다가 뱃살에 의해 길이가 말아 올려진, 그래서 미니스커트가 된 것 같은 꽉 끼는 치마를 입고 있다. 치마가 너무 조이는 바람에 보는 사람마저 숨이 막힐 지경이었다.

옆의 남자는 회색 후드 티에 하의는 검정 트레이닝 바지를 입고 뉴에라 모자를 삐딱하게 썼다. 여자의 우람함과 대조적으로 남자는 영양실조가 아닌가 싶을 만큼 영양 상태가 매우 부실해 보인다. 인체의 신비 박물관에 가면 볼 수 있는 인간의 뼈다귀 모형을 옮겨다 약간의 살을 붙여 놓은 듯했다. 작은 링 귀걸이를 한 쪽에 세 개나 했고 그의 양 팔뚝 전체에는 색깔을 다채롭게 넣은 용 모양의 문신이 새겨져 있었다. 그 요상한 그림은 상체 전반에 걸쳐 그려진 건지 목과 등허리에서도 보였다.

그가 등짝을 긁어 달라며 여자 친구에게 등을 내보이는 바람에 우연히 보게 됐다. 부러 보라고 내 문신 멋지지 않냐고 으스대기 위해 등짝을 젖힌 느낌도 있었으나 전혀 위화감이 들지는 않았다. 남자가 가녀린 팔을 움직일 때마다 주렁주렁 걸린 쇠고랑 같은 팔찌들이 찰랑찰랑 소리를 냈다. 팔이 어쩌나 가늘던지 굵은 팔찌는 자칫 흘러내릴 것처럼 아슬아슬했다. 두 사람의 네 번째 손가락에는 커플링이 끼워져 있었다. 진짜 금이라면 다섯 돈은 족히 될 것 같은 두툼한 링에 가운데 촌스러운 초록 캐보션 스톤이 박혀 있다.

그들은 스타일이 눈에 띄고 제스처나 목소리도 커서 주변의 이목을 끌었다. 자신들의 목소리 크기도 만만치 않으면서 하경의 아이들을 보고 계속 인상을 찡그렸다. 하경의 아이들 뿐만 아니라 주변을 보고도 마찬가지였다. 빗자루 머리를 한 여자가 하경을 스캔하듯 아래위로 훑어보았다. 이어 들으라는 듯 용 문신에게 팔짱을 끼며 말했다.

자기야, 저 애새끼들 너무 시끄럽지 않아? 애기 귀 아파요.

애기 귀 아파쩌요? 어쩌지.

빗자루는 족발의 탱글탱글한 살보다 더 두툼한 손으로 하경의 아이들을 가리켰다. 그렇지 않아도 아이들이 다른 사람에 폐를 끼치는 행동을 할까 봐 내내 노심초사하고 있던 하경은 움찔했다.

아이들이 떠든 건 사실이니 그들에게 눈짓과 고 갯짓으로 미안하다고 했다. 그들은 그녀의 사과 를 무시했다. 껌을 짝짝 씹고 둘이 소곤대며 히죽 거렸다. 아이들을 욕하는 것 같기도 그녀를 욕하 는 것 같기도 했다. 줄을 서 있던 사람들의 시선 이 잠깐 그들에게 쏠렸다가 흩어졌다. 하경은 사 람들이 자신을 나무라는 것처럼 느껴졌다. 더는 아무도 그들을 바라보지 않았음에도 불구하고.

엄마의 눈빛이 심상치 않다는 걸 눈치챈 아이 들이 조용해졌다. 또 풀이 죽어 버린 거다. 서진 은 게임을 할 테고 서준에게는 어서 집에 가서 헬 로 카봇을 틀어줘야지 생각했다. 텔레비전을 보 며 변신 로봇을 조립하다 보면 어느새 기분이 좋 아질 것이다.

그녀가 서 있는 줄은 좀처럼 줄지 않았다. 계산 원도 초보인 데다가 적립 포인트 관련 문제로 고 객과 마찰이 있는 것 같았다. 들어 보니 고객은 자신이 구매한 수세미의 일 포인트 적립 금액 누 락으로 컴플레인을 제기했다. 그 고객이 말한 포 인트는 마트 안 임대 생활용품 매장의 영수 금액 이라 적립이 되지 않는다고 포스기 앞에 명시되어 있었다. 고객들이 그런 문구에 주의를 기울일 리 없으므로 계산원은 친절히 설명해 주었으나 고객은 막무가내였다. 자신 때문에 줄이 점점 늘고 기다리는 사람들의 시간이 하염없이 흐르고 있는데도 개의치 않았다. 고객이 언성을 높이면 매장에서는 무엇이든 해결해 주어야 한다고 믿는 진상이었다.

거 참, 사람도 많은데 그냥 좀 넘어갑시다.

그러게, 아무리 주말이라도 줄이 왜 이렇게 밀리나 했더니. 그쪽 물건은 임대 매장 거라 적립 안 된다잖아요.

게다가 일 포인트, 정말 기가 막혀서.

대놓고 핀잔하는 이들도 있었다. 그때, 아까부터 신경질적으로 서진과 서준을 노려보며 껄렁하게 카트를 이리저리 밀고 끌어당기던 커플 중 문신한 남자가 줄이 좀 줄어든 옆줄로 옮겨 가기 위해 서진이와 서준이를 밀쳤다. 아이들을 밀지 않아도 충분히 갈 공간이 있었지만 힘 조절을 하지 않고 거칠게 미는 바람에 작은아이가 형 쪽으로 넘어졌다. 무방비 상태의 형도 넘어졌다. 아무리 뼈다귀라도 남자고 어른인지라 아이들은 맥없이 넘어졌다. 문신이 아이들을 밀쳐 넘어졌을 때 왜 인지 하경의 머릿속에는 주완이 자신을 때려 넘 어질 때가 오버랩되며 불행했던 순간들이 필름처럼 줄줄이 지나갔다. 서준의 무게에 밀려 넘어지 면서 큰아이의 턱이 카트 모서리에 강하게 부딪혔다. 그 반동으로 아이는 땅바닥에 나뒹굴었다. 아이의 약한 살은 금세 찢어져 피가 나왔다. 그녀의 얼굴은 사색이 됐다.

서진아, 괜찮아? 이봐요.

곧바로 그를 불렀으나 문신은 들은 척도 하지 않았다.

엄마 나 괜찮아.

서진은 괜찮다고 했지만, 자신이 민 형의 얼굴에 피가 멈추지 않고 흐르자 놀란 서준이 울음을 터뜨렸다. 턱을 쓱 만지던 손에서 피를 본 서진도 울음이 터졌다. 아이들이 동시에 울었고 우는 소리가 마트 전체에 울려 퍼졌다. 다시 사람들이 그들을 바라보았다. 혀를 끌끌 차는 사람, 안쓰러워하는 사람, 표정 없는 사람, 구경거리가 생겨 신이 난다는 듯 쳐다보는 사람들까지. 그 시선에 깔려 질식할 것 같았다. 하경은 카트를 그대로 두고 아이들을 구석으로 데리고 갔다. 지나가는 아주머니가 보고 부랴부랴 휴지를 건네주었다.

아이고 무슨 일이야. 애기 턱에서 피가 많이 나네. 얼른 병원부터 가 봐야 할 것 같아요.

그 말에 서진이 더 크게 울었고 덩달아 서준이의 울음소리도 커졌다. 살짝 부딪힌 줄로만 알았는데 피는 쉬이 멈추지 않았다. 그들을 발견한 마트 직원 한 명이 포비돈 요오드 용액과 상처 연고를 가져다주었다.

그녀는 생각했다. 상처를 대충 지혈하고 계산 후에 마트를 나올 것인지, 아니면 장을 본 카트를 코너에 옮겨 두고 약국을 들른 다음 계산해야 할지. 물건을 많이 사서 다시 고르려면 시간이 걸릴 텐데 계산을 먼저 해야 하나. 마트 직원에게 장을 봐 둔 카트를 잠시 부탁해야 하나. 찢어진 부위를 보니 꿰매야 할 정도는 아닌 것 같다. 아니 그건 바람인 지도. 계속 피가 흐르니까 병원에 먼저 가는 게 맞지. 판단이 서지 않았다.

다른 데도 아니고 얼굴인데 흉 지면 안 되니까 병원부터 들려야겠다. 참 주말에 늦게까지 하는 소아과가 어디더라. 검색부터 해 봐야지. 나날이 야근에 살림과 육아에 피곤에 쩌들어 있는 몸, 북적거리는 인파, 마트 정육 코너에 질세라 과일 코너에서 경쟁하듯 들려오는 세일의 외침, 아까보다 줄이 길어진 계산대, 문신과 빗자루 커플, 여전히 그녀와 아이들을 흘끔흘끔 훔쳐보는 관음증 환자 같은 시선들, 피를 흘리고 두려움에 떨며 우는 서진이와 서준이. 그 모든 혼돈과 소음의 소용돌이가 눈가에서 귓가에서 윙윙거렸다.

그녀의 정신은 이미 그녀의 통제 범위를 벗어나 있었다. 더불어 이성도, 평생을 갈고 닦아 오던 인내도 함께. 아이가 저렇게 피를 흘리고 있는데 당연히 병원에 먼저 들려야 한다는 쉬운 결정조차 못 하고 생각은 방황에 방황을 거듭했다. 윙윙거리는 귀에 문신의 목소리가 날아와 꽂혔다.

아, 애새끼들 존나 징징거리네 진짜.

그 말과 동시에 하경의 옆으로 무언가 날아왔다. 껌이었다. 커플 중 여자가 마스크를 내린 뒤 껌을 후 하고 뱉었고 껌은 하경의 머리칼을 아슬아슬하게 스친 채 땅바닥에 착지했다. 순간 하경은 무슨 상황인지 인지하지 못했고 지켜보던 사람들이 낮게 탄성을 뱉으며 수군거려 알게 됐다.

어머 어떡해. 미쳤나 봐.
그러게, 저 사람들 아까부터 왜 저러는 거야 정말.

아깝다. 맞출 수 있었는데. 빗자루가 안타까운 탄식을 내뱉으며 하경의 머리카락을 향해 손가락질했다. 용인지 문신인지는 낄낄거렸다. 그들은 사람들의 수군거림에도 아랑곳하지 않았다. 그제야 상황이 파악된 하경은 너무 모욕적이어서 말도 나오지 않았다. 항의해야 한다고 생각했으나 손발이 벌벌 떨렸다. 이럴 때 주완이 옆에 있었다면 얼마나 좋을까. 저들은 둘이고 하경은 혼자인데 하경도 둘이었다면. 이혼 후 처음으로 주완의 부재가 견딜 수 없을 정도로 크게 느껴졌다. 하경은 용기를 냈다. 아이들을 위해서. 하지만 목소리조차 떨리고 있어 자신이 생각하기에도 꼴이 우스웠다.

이, 이봐요. 그쪽 때문에 아이들이 넘어져 다쳤는데 사, 사과가 먼저 아니에요? 그리고 당신들 이거 뭐야. 이 껌 진짜 보자 보자 하니까.

하경은 바닥에 붙은 껌을 가리켰다. 문신이 하경의 말을 자르고 말했다.

어이 아줌마, 우리 공주님께서 껌을 뱉을 때는 알아서 피해. 눈깔 어따 두고 다녀. 그리고 댁 같이 무개념으로 자식 키우는 인간들 때문에 노키즈존이 생기는 거 아냐. 감당이 안 되면 집구석에 처박혀 있든가 기어 나왔으면 애새끼들인지 개새끼들인지 좀 조용히 시키든가. 어? 주변 사람들 짜증 난 거 보이지. 주말에 기분 잡치게 진짜. 카악 퉤.

아이들이 떠들고 까불거린 정도가 공공장소 예절을 어긴 정도는 아니었다고 생각했지만 그건 하경의 생각일 뿐이다. 다른 사람들은 문신처럼 느꼈을지도 모른다. 아빠 없는 아이들이란 소리를 듣지 않게 하려고 하경은 아무리 사랑스러운 아이들이라도 혼낼 때는 엄격한 기준을 두고 훈육했다. 그러나 그와 같은 이유로 금세 마음이 약해져 혼내던 걸 멈추고 안고 토닥이는 건 더 자주 했다.

그런데 개새끼들이라니. 자신이 상해를 입든 상처를 입든 그런 건 아무 상관 없다. 그러나 아이들을 밀쳤으면 밀어서 다치게 했으면 사과하는 게 먼저다. 문신이 죄송하다고 했으면 그 한마디만 들었으면 하경은 그간 도 닦듯 닦아온 인내심을 다시 한번 끌어내 잠시나마 마음속에서 이글거리던 분노를 잠재운 채 모든 걸 덮고 집으로 돌아갔을 것이다. 아이를 다치게 해서 죄송합니다. 그 한마디만 했더라면.

뭐, 이 새끼야.

놀랐다. 하경도 자기 입에서 그런 말이 나올 줄 몰랐다. 그러나 아까처럼 떨리지는 않았다. 처음 듣는 엄마의 험한 말에 놀란 서진이 여전히 피가 멈추지 않은 얼굴로 하경을 막아섰다. 서진의 눈빛은 간절하게 그녀가 이 상황에서 벗어나 제발 집으로 돌아가 주기만을 바라고 있었다. 하지만 서진의 피를 보자 그녀는 더욱 참을 수 없었다. 서준과 서진이 당한 만큼 똑같이 복수해 주어야 했다. 아빠가 없어도 아이들을 지켜줄 수 있는 엄마라는 걸 보여주어야 했다. 사람들이 모여들었고 웅성거림이 고여 있었다.

뭘 봐. 시발, 뭘 그렇게들 쳐다보냐고.

그때 서준이만 한 아이가 삼촌, 하며 문신에게 아는 체를 했다. 문신은 서진과 서준을 볼 때와 달리 세상 다정한 표정으로 아이의 얼굴을 쓰다듬었다. 아이랑 함께 온 사람이 아이들에게 저럴 수가 있나. 그때 서준이 말했다.

어, 송형주다. 엄마 내가 말한 우리 유치원 친구. 형

주야, 안녕.

　형주도 서준의 인사를 무시했다. 자기 삼촌이 하경의 사과를 무시했던 것과 똑같이. 인사를 무시하더니 서준에게 다가왔다. 서준은 눈물을 머금은 채 반가운 표정을 지으며 형주를 보았다. 형주는 어딘지 모르게 영악스럽고 표독한 표정이었다. 형주가 서준을 밀쳤고 서준은 다시 넘어졌다. 듣던 대로 고약한 아이였다. 엄마가 옆에 있는데도 거리낌이 없었다. 놀라서 친구를 밀면 안 된다고 이야기를 하려는데 송형주가 먼저 입을 열었다.

　야, 아는 척 하지 마. 우리 엄마가 아빠 없는 애랑 놀지 말랬어. 삼촌, 애 아빠 없다. 유치원에서도 왕따야.

　문신이 서준과 하경의 얼굴을 번갈아 보았다. 그러더니 피식 비소를 날렸다.

　그럴 것 같더라.

　하경은 건들거리는 용, 몸에 새겨진 그림을 노

려보았다. 그는 하경 따위 신경도 쓰지 않았다. 그녀는 넘어진 서준이를 일으키지 않았다. 성큼 성큼 걸어 다른 곳으로 이동해 갔다. 자주 오는 마트였기 때문에 어디에 무엇이 있는지 정확히 알고 있었으므로 식기와 조리 도구 칸으로 뚜벅 뚜벅 걸어갔다. 그리고 자신의 키 중간쯤 오는 선 반에서 칼을 집어 들었다. 조리용 식칼, 특대 사 이즈, 가장 날카로워 보이는 칼의 포장을 뜯어 쓰 레기는 그 자리에 버렸다. 다시 계산대로 향했다. 잠시 시간이 흘렀다. 그 사이 그녀는 무엇을 보았 던가. 그녀의 귀에는 아무 소리도 들리지 않았다. 눈앞의 현실이 음소거된 영화의 장면 장면처럼 느껴졌다. 거칠어진 심장 박동 소리만 차갑게 귓 전을 때렸다.

손에 새겨진 용의 얼굴이 남자의 주머니 속을 꿈틀거리고 있다. 이제 문신의 차례가 되어 지갑 을 꺼내는 모양이었다. 다시 바깥으로 나온 용의 입 안에는 검붉은색의 얍삽한 무기 같은 혓바닥 이 날름거렸다.

감히, 감히 용 따위가 나를. 시답지 않은 게 내 소중

한 아이들을. 용서할 수 없다. 저 혀를 잘라 내고야 말
겠다.

　이제 그녀의 머릿속에는 용을 처단해야겠다는
생각밖에 없었다. 오로지 그 생각뿐이었고 실행
에 옮겼을 뿐이다. 검붉은 혀가 끊어지며 용의 입
에서 새빨간 피가 뿜어져 나왔다. 여전히 그녀의
귀에는 아무 소리도 들리지 않았다. 놀란 얼굴들
이 뒷걸음질쳤다. 비명을 지르는 것 같은 입 벌린
표정들이 그녀에게서 달아나고 도망간다. 피하지
말지. 그녀를 좀 말려 주지. 거기서 그치도록 조언
을 좀 주지 하고 바랐지만 아무도 그러지 않았다.
　정의는 존재하지 않는다. 얼마 전에 본 인터
넷 기사에서는 대다수의 댓글이, 거의 모든 댓글
이 약자의 편에 서서 가해자에 맞서고 있었다. 그
때는 믿었다. 정의는 아직 살아 있다고. 지금 다
시 느낀다. 자신의 생각이 옳지 않았음을. 손가락
으로만 나불대는 정의들. 훗. 그녀는 웃음이 났다.
누구를 향한 무엇을 위한 웃음이었는지는 모른다.
미친년처럼 웃음이 났고, 웃었다. 그뿐이다.
　다시 칼을 제대로 쥐었다. 위쪽에서도 용이 꿈

틀대며 혀를 날름거렸기 때문이다. 용의 얼굴은 손등과 목에 모두 새겨져 있었다. 칼날은 정확히 용의 대가리가 그려진 문신의 경동맥을 향해 날아가 꽂혔다. 다시 한 번 찌르자 하경의 얼굴과 사방에 아직 온기를 가진 새빨간 피가 튄다. 베인 살 속에서 그 얇은 틈에서 분수처럼 콸콸콸 쏟아져 내린다. 세상이 온통 피로 젖는다. 그제야, 돌이킬 수 없는 일이 되고 나서야 직원들이 달려왔다. 직원들의 모습에 용기를 얻은 몇몇 시민들도 함께. 그들은 그녀를 결박한 뒤 문신으로부터 멀리 떨어뜨려 놓았다. 그리고 영웅이 됐다. 아마 그럴 것이다.

인터넷에는 살인자와 맞서 싸운 용감한 시민들이라고 기사가 뜰 것이고 밑에는 줄줄이 댓글이 달릴 것이다. 그 어느 때보다 정의가 넘치는 댓글들이. 내가 그 자리에 있었어야 한다는 시덥잖은 댓글들이. 그녀는 낄낄 웃었다. 문신과 빗자루가 그랬던 것처럼. 낄낄낄. 그녀의 팔은 여전히 사람들로부터 결박당해 있다. 반항도 몸부림도 치지 않았다. 도망갈 힘이 없다. 문신의 피범벅이 된 손이 피범벅이 된 목을 움켜쥐는 모습이 보인다.

마트 바닥에 피가 불길하게 번져 나간다. 쨍그랑 거리던 팔찌도 회색 후드 티도 피로 물든다. 이제 눈앞에서 용의 꿈틀거림이 사라졌다. 문신은 피 와 함께 괴로움의 신음을 토악질한 뒤 그 자리에 철퍼덕 고꾸라졌다. 구급대원들이 도착해 의식을 잃은 문신의 맥을 짚어본 후 바로 들것에 싣는 동 안 경찰이 왔다. 그런데 아이들이 보이지 않았다. 하경이 다급하게 아이들을 찾는다.

서진이 서준이 어디 있니. 엄마 여기 있어. 용을 죽 였어. 엄마가 이겼어. 나의 소중한 아이들.

시간을 되돌릴 수 있다면 사건이 일어나기 직전의
순간으로 돌아갈 수 있다면 다른 선택을 했겠는가. 하
경의 담당 변호사 호준이 물었다. 그가 생각해도
뜬구름 잡는 질문이다. 우리가 사는 세계에서 시
간은 직진만 한다. 돌아가는 것은 불가항력이다.
심리를 알고 싶었다. 하경의 입을 열게 하려면 무
슨 질문이든 계속해야 했다. 사건 이후 그녀는 한
번도 입을 열지 않았다. 화려하고 찬란하게 빛나
지만, 짧은 생이 아쉬운 봄꽃들이 지고 계절은 어
느새 푸르른 신록을 자랑하고 있었다. 햇볕에 반
짝이는 초록 잎사귀들이 싱그러운 냄새를 뿜어냈
다. 허공을 보며 한참을 멍하니 있던 시선이 힘겹
게 윤 변호사에게 와닿았다. 그를 본 건지 그 뒤
의 책장을 본 건지는 명확하지 않다. 그녀의 시선
은 늘 텅 비어 있으니까. 하고 싶은 말이 많을 것

같은데 아무것도 담겨 있지 않은 눈빛. 윤 변호사가 모두 마다했던 이 사건의 수임을 맡은 건 바로 저 눈빛 때문이었다.

윤 변호사는 결혼도 하고 아이들도 낳았지만, 정작 그와 함께 살아온 건 무수한 사건들이다. 직업인으로서는 늘 확신에 차 있었다고 자부하지만, 가정을 놓고 보자면 텅 빈 '공허'라는 말밖에 표현할 길이 없다. 지금 눈앞에 있는 도하경의 눈빛처럼 말이다. 존재하지만 존재하지 않는 존재. 집에서 그는 딱 그런 사람이었다. 그래서 비워진 걸 보면 채우고 싶어진다. 변호사 생활 십오 년 차. 어지간한 사건에는 이골이 났다. 일에 파묻혀 사는 동안 많은 것들을 배웠다. 어떨 땐 사람의 표정 하나만 가지고도 사건을 해결할 자신이 있었다. 표정은 증거의 표적이다. 돗자리 깔고 앉은 점술가처럼 눈가의 주름만 봐도 그 사람이 어떻게 살아왔는지를 그는, 읽을 수 있게 됐다. 범죄자에게서는 그것이 계획적이든 우발적이든간에 평범한 인간에게서 볼 수 없는 유별난 광채 같은 것이 있다. 말로는 설명할 수 없는 오랜 경험에서

우러나온 직감만이 알려 주는 특유의 눈빛을 그들은 가지고 있다.

눈은 많은 것을 말해 준다. 텅 빈 눈빛이 오히려 많은 말을 담고 있다. 윤 변호사는 눈에 담긴 비밀들을 해독할 줄 알았고 수많은 인파 속에 살인자를 숨겨 두어도 짧은 시간 안에 범인을 정확하게 짚어낼 수 있었다. 타고난 눈썰미와 영리한 직감 천부적 예리함이 그를 인정받는 변호사 자리에 올려놓았다. 그런데 도하경은 예외였다. 그녀에게는 그의 오랜 경험과 통찰이 통하지 않았다. 그에게도 그녀의 눈빛은 수수께끼였다. 담당 형사에게 건네받은 자료를 통해 실제 사건 현장이 담긴 폐쇄회로 화면을 여러 번 확인했음에도 불구하고 그녀는 살인을 할 사람이 아니라는 확신만 강해졌을 뿐이다. 그녀의 눈 속에는 살의가 없다. 변호를 받고 싶은 마음도 없다. 지금 눈앞에 있는 사람은 하경이 아닐지도 모른다. 사건 직후 진짜 하경은 멀리 떠나 버렸다. 몸이라는 빈껍데기만을 세상에 남겨둔 채로.

일 층부터 오 층까지 있는 나 홀로 아파트. 건

물은 삼십 년도 넘은 세월의 풍파로 군데군데 페인트가 벗겨져 속살을 드러내고 있고 철제로 된 현관문은 곳곳에 녹이 슬어 패어 있다. 엘리베이터는 없다. 하경은 이곳 삼 층에 거주했었다. 사건 이후 경찰과 기자, 방송국 취재팀들이 아파트 주변을 휘젓고 다녔다. 그들은 사생활 보호와 보장을 주장하면서 만나는 사람마다 도하경을 아십니까, 하고 물었다.

그 사람이 여기 살았었다고요? 죄송하지만 저는 본 적도 마주친 적도 없어서 이만.

사건은 알죠. 방송에서 얼마나 떠들어대는데 모르겠어요. 근데 그 여자에 대해서는 글쎄요.

서로가 서로에게 무관심하기를 원하고 눈앞에서 무슨 일이 벌어지든 관여도 상관도 않는 세상에 살고 있다지만 그래도 아이들을 데리고 다니는 그녀가 그렇게까지 눈에 띄지 않을 수 있었을까.

잘은 모르지. 그 처자가 직장에 다녔다고 하니 밤 시간이나 자유로웠을 텐데 낮에만 돌아다니는 우리 같은 노인네들 눈에 띌 리가 있나. 어쩌다 동네에서 마주친 적은 있는데 인사도 안 해. 아이들한테는 얼마나 잘했다고. 사내아이만 둘이다 보니 좀 극성이었는데 한 번도 화를 내는 걸 못 봤지 아마. 여하튼 애들을 무지하게 예뻐했어요. 그런 사람이 어떻게. 아휴, 말도 안 돼. 못 믿겠어, 나는.

하경의 옆집에서는 인터뷰에 불응한다고 했으나 기자가 돌아서기 전 현관문 밖으로 날카롭게 아주 사악하고 무서운 여자라며 소름 끼친다는 말을 전해 왔다. 자기는 언제라도 이런 사달이 날 줄 알았다나. 다들 그 여자가 조용하다는데 얌전한 고양이인 척하는 맹수가 가장 위험한 거 아니겠냐며 끔찍해서 집도 내놓았단다. 그 여자의 남편이 미친 여자라고 했으니 정신 감정부터 해봐야 할 것이라는 충고도 잊지 않았다.

여가 서울 촌구석이고 후진 동네잖여. 집값이 떨어지면 떨어졌제, 영판 안 오르는 곳인디 이번엔 쪼까 올랐단 말여? 여도 한 오천인가 일억인가 올랐제? 그란디 그 여편네 땀시 흉흉한 소문 돈께 망해 부랐어.

그랑께 어여 카메라 치우소. 동네 망신스러웅께.

아따 자네가 거거 오른다고 팔고 갈 데나 있는가. 뭔 염병할 놈의 집값 타령이여. 집값 타령은. 난 십 원 한 푼이 아쉬운 사람이라 얻어지는 거 없이 세금만 더 뜯어가 불어 속이서 천불이 나던디.

그래도 그분에 대해 아시는 게 있다면 억울하게 간 피해자를 위해서라도 한마디 해 주시죠.

아 억울한 건 나랑께 그라네. 이런 거 찍지 말고 어여들 가. 나가 그 마트에서 빌어먹던 사람인디 직장도 잃고 다 잃어 부렀어. 마트도 망해, 동네도 망하게 생겼는디 뭐시 좋은 일이라고 떠벌린당가. 싸게 안 가? 저 저 카메라를 확 부사불라.

아무렇게나 회벽칠을 해둔 한 평 남짓의 네모난 시멘트 방. 성인이 일어서도 손이 닿지 않는 천장 부근 주먹만한 창. 바닥에 앉은 채로 하경은 그곳을 하염없이 바라본다. 한 번도 닦지 않은 듯 창문은 시카만 먼지로 뒤덮여 있다. 아침인지 저녁인지 분간되지 않는다. 하경의 인생에 아침이라는 게 있기는 했던가. 세상에는 본디 저녁만 있어 왔고 앞으로도 그럴 거라고 그녀는 생각한다.

조그맣게 난 창으로 휘리릭 용이 지나간다. 용이 아닐 수도 있다. 창문이 작아, 아니 창문이 어두워 잘 보이지 않는다. 그녀는 가느다랗게 실눈을 뜨고 경계하듯 창을 주시한다. 반짝이는 비늘이 꿈틀거린다. 용이다. 용이라는 걸 인지함과 동시에 갑자기 그것이 얼굴을 창으로 들이밀며 들어오려고 애를 쓴다. 창은 용의 뭉그러진 얼굴로 가득 찬다. 하경의 눈동자가 불안하게 흔들린다.

그녀는 일어서서 창가로 향했다. 그런 하경을 다른 수감자가 쳐다본다. 그러다 하경과 눈이 마주치자, 시선을 피한다. 돌린 시선은 교도관에게로 향했다. 그녀는 눈짓으로 교도관에게 하경을 가리킨다. 교도관이 하경에게 앉으라고 지적한다. 하경은 반응이 없다. 용이 아직 거기 있기 때문이다. 하경의 눈은 용을 좇느라 바쁘다. 교도관이 다시 얘기한다.

오공일삼 자리에 앉습니다.

창을 볼 때와 달리 이내 눈빛이 변한 하경의 텅 빈 눈이 교도관을 향한다.

오공일삼 명령이다. 자리에 앉습니다.

하경은 수의에 적힌 낯선 숫자들을 보면서도 그 숫자가 자신을 부르는 거라고 생각하지 않는다. 그녀는 오공일삼이 아니다. 한 번도 그런 이름으로 불려본 적 없다.

용을 죽여야 해요.

교도관이 고개를 절레절레 젓는다. 사람들은 어떤 일에 대한 망설임, 혹은 공포나 괴로움을 느낄 때마다 과거로부터 끄집어낸 기억인 트라우마에 대해 말한다. 그러나 이론은 이론을 뒤집는다. 아들러의 심리학에 따르면 트라우마는 존재하지 않는다. 트라우마란 현재의 무용한 태도를 과거의 상처와 결합해 용기가 결핍된 자신을 합리화하려는 이론일 뿐이라고 지적한다. 기존의 논리를 타파해 현재의 모습을 과거에 얽매이지 않게 하고, 현재에 집중하도록 하는 것이 아들러의 의도라는 점에는 동의한다. 그러나 범죄자를 다룰 때는 터무니없는 말이다. 과거로 거슬러 올라가 보지 않으면 현재의 상태를 결코 간파할 수 없다.

윤 변호사는 상담사와 주변 지인들을 통해 도하경에 대한 자료들을 수집하는 데에 몰두했다. 그녀의 과거 모습을 보기 위해서다. 과거는 무슨 말이든 해 줄 것 같았다. 그녀의 가족들은 수사 협조에 대한 제안을 일언지하에 거절했다. 몇 날 며칠을 간청해 그녀 어머니와 간신히 전화 연결이 되긴 하였으나 사건 전부터 그녀와 연락한 바 없고 자신은 그런 추악한 범죄자를 모르니 다시는 전화하지 말아 달라하고 끊어버렸다. 게다가 특별히 친한 사람도 없어서 지인들에게 이야기를 듣는 것도 불가했다. 가장 친했다던 중학교 시절 친구 한 명은 결혼해 호주로 이민을 가 연락이 닿지 않았다.

직접 하경이 다니던 학교로 찾아갔다. 생활기록부를 열람하기 위해서다. 업무량이 많아 이런 일은 언제나 윤 변호사 직속 비서가 하고는 했는데 자진해서 수임을 맡은 만큼 발로 뛰어 사건의 실마리를 풀어 보기로 했다. 하경의 학교생활은 평범했다. 성적은 보통 정도에 성격은 소심하고 소극적이며 학창 시절 내내 문제를 일으킨 적도 없었다. 병가로 인한 결석을 제외하고는 지각 결석도 전무했다. 말 잘 듣고 조용하며 성실한 아이. 여러 친구와 두루 어울리지는 않으나 친한 친구 한두 명과는 여느 또래 아이들처럼 어울리던 아이.

약간의 특이점이라면 친한 친구에게 과도한 집착을 보였다는 점이다. 그 친구가 다른 아이들과 놀면 안 되고 자신만 바라봐야 하며 연락이 되지 않으면 초조함과 불안함을 내비쳤다고 한다. 그로 인해 친구들이 싫은 내색을 해도 그녀는 집착을 버리지 못했다. 어떤 선생님은 하경에 대해 자라는 동안 가정 내에서 애착 관계 형성이 제대로 되지 않았던 탓이라는 가능성을 제기하며 불안감이 매우 높은 학생이었다고 평가했다. 알아낼 수 있는 건 이 정도뿐이었다. 듣지 않아도 알 것 같던 사실들. 별다른 승산 없이 돌아서 가려는데 한 선생님이 윤 변호사를 불러 세웠다.

저 변호사님. 도움이 되실지 모르겠습니다만 여기.
이게 뭐죠.
학창 시절 도하경이 쓴 일기입니다.

이걸 어떻게 선생님께서 가지고 계시죠.

학교에 아이들이 두고 간 혹은 잃어버린 물건을 보관하는 사물함이 있어요. 언젠가는 찾으러 올지도 모른다며 물건들을 십 년이고 이십 년이고 그냥 둡니다. 실제 몇십 년이 지나 혹시나 하고 제 물건을 찾으러 오는 학생들도 간혹 있고요. 얼마 전 그곳을 정리하는데 낡은 노트가 보여서 들추니 도하경이란 이름이 있어 가지고 있게 됐습니다.

윤 변호사는 노트를 열어 살짝 훑어보았다.

자료 감사합니다. 판결이 마무리되면 돌려드리겠습니다.

아닙니다. 직접 보관하셔도 됩니다.

혹시, 중학교 때도 일기장 검사를 했나요.

아니요, 일기 쓰기 숙제도 없습니다. 그 정도 연령대가 되면 학생들은 일기장 검사를 사생활 침해라고 생각하니까요. 더 이상 솔직하게 쓰지도 않고요. 개인적으로 끼적였던 글이 아닐까 합니다만.

어린 시절 그녀는 거의 하루도 빼놓지 않고 일

기를 썼다. 하경은 자신이 스스로 한 기록 말고는 친한 친구들에게조차 마음을 기록하지 않았던 것으로 보인다. 마음을 의지할 상대로 일기만큼 적절한 대상은 없을 것이다. 일기는 대부분 검정색 펜으로 쓰여 있었지만, 기분이 좋지 않은 것 같은 날에는 파란 색깔 펜을 사용했다. 몇몇 일기는 빨간색 펜으로 쓰여 있었다. 일기가 처음 쓰인 날짜를 보니 천구백구십사 년이다. 구십사 년 오 월. 어른이라기에는 너무 어리고 어리다기에는 어른처럼 행동하고 싶은 나이 열다섯 살. 당시에는 토요일도 등교했기 때문에 그녀의 일기에는 토요일에도 학교에 갔던 걸로 기록 되어 있었다.

1994년 5월 7일 토요일 날씨 흐림

어버이날 전날이다. 미술 시간에 카네이션을 만들라고 했다. 만들고 싶지 않았는데 점수에 반영된다고 하니 만들었다. 선생님들은 우리의 행동을 점수로 매긴다. 마음에도 없는 꽃이 대충, 엉성하게 완성됐다. 선생님께서는 색종이를 좀 더 꼼꼼하게 접을 수 없냐고 나무랐지만 나는 손재주가 젬병이다. 구박만 받은 카네이션을 들고 집에 도착했다. 도착하기도 전에 비명이 날아와 귀에 꽂혔다. 엄마가 돌아온 걸까. 엄마는 며칠 전 아빠와 싸우고 집을 나갔다. 일 년에 육 개월은 가출하는 엄마. 이제는 걱정보다도 짜증이 난다. 툭하면 치고 박고 집을 나가고 물건을 부수는 일상들. 언제쯤 이 지긋지긋한 생활에서 벗어날 수 있을까. 입에 담기도 힘든 상스러운 말들이 오갔다. 욕이 방문 밖으로 대문 밖으로 동네 밖으로 흘러 나간다. 나는 도둑 걸음으로 방 안에 들어왔다. 욕설에 이어 집안이 떠내려갈 정도의 비명이 반복된다. 귀를 막아도 소용없다. 살며시 방문을 열었다. 맞은편 닫힌 안방 문을 보았다. 집안은 대낮인데도 동굴처럼 어둡다. 나는 발소리를 죽인 채 거실을 거쳐 안방 문 앞까지 당도했다. 문의 손잡이를 잡고 힘을 주어 돌렸다. 엄마가 벽에 밀쳐져 있다. 머리가 헝클어져 있다. 아빠의 왼손에는 엄마의 멱살이, 오른손에는 주먹이 쥐어져 있다. 엄마는 목이 늘어난 셔츠 사이로 얼굴을 파묻고 있다. 그 주먹은 엄마의 머리통을 거쳐 얼굴을 향해 날아갔다. 벽에 머리가 부딪치는 소리, 울음, 악다구니. 바닥에 팽개쳐진 몸뚱어리. 어째서 엄마는 힘을 쓰지 않는 걸까. 정상적인 가정을 지키고 싶어서? 말리지 못하는 내가 두렵다. 아무것도 할 수 있는 게 없어서 무섭다. 조용히 문을 닫고 방으로 돌아와 구석에 앉았다. 빌어먹을. 슬프지도 않은데 눈물이 난다. 주방으로 갔다. 칼을 찾아 들었다. 나는 이들 이상으로 서로를 증오하는 관계를 본 적이 없다. 둘 중 누구 한 사람이라도 죽어야 끝날 것이다. 칼을 들고 주방을 나서려는데 그 와중에 목을 축이러 주방을 찾은 놈과 마주쳤다. 나는 매우 정중하게 "다녀왔습니다." 인사를 했다. 언제나 그렇듯 대답은 없다. 죄책감도 미안함도 없다. 칼로 저 새끼의 배때기를 쑤셔 버릴까. 나는 뒤돌아 주방 도마에 놓인 오이를 써는 척을 했다. 칼을 휘둘렀다가는 내가 죽을 수도 있기 때문이다.

"넌 왜 벌써 왔냐."

"토요일이에요. 오늘 학교에서 카네이션을 만들었어요."

가증스럽게 왜 그런 말을 했는지 모르겠다. 그 인간은 카네이션을 쳐다도 보지 않고 다시 싸우러 들어갔다. 그들이 내게 인내심을 가르치지 않았더라면 복종하는 인간으로 만들지만 않았더라면 찔렀을 것이다. 그들을 몰랐더라면 나는 사람을 죽이는 짓은 악마만이 할 수 있는 짓이라고 굳게 믿고 있었을 것이다.

제가 도하경 씨를 변호한다고 했을 때 왜 거절하지 않으셨습니까.

검찰에 압송된 그녀를 윤 변호사가 찾아갔다. 여전히 입을 열지 않았다. 그녀는 아직도 모든 상황을 거부하고 있었다. 물을 제외한 음식도 먹지 않았다. 삐쩍 마른 몸은 보기만 해도 아슬아슬했다.

식사를 좀 하시는 게 도움이 될 텐데요.

눈빛은 처음 봤을 때 그대로다. 변호사 선임 문제에 직면했을 때도 그녀는 모두를 거부했었다. 그런데 뜻밖에도 윤 변호사의 제의를 수락했다. 제의를 수락한 것은 아마 더 이상 어떤 질문도 받고 싶지 않아서였을 것이다. 이유야 어찌 됐든 사건을 맡은 이상 그는 그녀에게 도움이 될 수 있도록 문제를 처리하고 싶었다.

　사건과 관련해 그녀의 가족들과 마찬가지로 그녀의 전남편과도 연락이 닿지 않았다. 윤 변호사는 그에게 경찰 참고인 출석 제안 협조문을 보냈으나 불응했다. 갈라서기는 했지만 어쨌든 전처의 사건이고 아이들 엄마 사건이기도 한데 예상대로 비협조적이었다. 이주완에게서 듣고 싶은 이야기가 많은데 그는 휴대폰을 끄고 잠적해 버렸다.
　사건에 직접적으로 연루된 사안이 없으므로 전남편을 강제 소환하는 것은 불가했다. 협조 요청 외에는 할 수 있는 게 없었다. 어떤 사건이든 난항은 있기 마련이지만 가족들마저 외면한 경우는 드물다. 게다가 반성하는 척하며 감형을 위해 무슨 일이라도 할 것처럼 굴던 그동안의 의뢰인들과 대조되는 도하경의 태도까지 겹쳐 윤 변호사는 이 난제를 타개할 어떤 뽀족한 수도 떠오르지 않았다.

　저는,

……

도하경 씨를 할 수 있는 한 최선을 다해 도울 거예요. 살다 보면, 누구나 예기치 못한 사건 사고에 휘말릴 수 있어요. 절대로 해선 안 되는 일이지만 그럴 수밖에 없는 상황이 생길 때도 있는 겁니다. 분노가 이성을 이기고 순간적으로 뇌의 일부 기능들이 마비되어 분별력이 제대로 작동되지 않을 때가.

……

도하경 씨,

……

당신 잘못만은 아니에요. 내가 그걸 설명할 수 있도록 상황을 좀 더 구체적으로 이야기해 주면 좋겠어요.

윤 변호사는 하경을 향해 이야기를 했다. 자신에게 하는 말인지, 하경에게 하는 말인지 알 수 없는 그런 말들. 그 와중에도 시간은 흘러 공판 기일이 다가오고 있다. 윤 변호사의 책상에는 온갖 서류들과 함께 공판 기일 연기 신청서가 놓여 있었다. 사이버 수사대에서 연락이 왔다. 그녀가 결혼한 이후 SNS에 쓴 일기를 열람하고자 비밀번호를 의뢰해 둔 것과 관련해서였다.

그녀의 일기를 살펴보았다. 비밀로 쓴 일기에는 아이들과의 시간을 위주로 썼다. 듣던 대로 아이들에 대해 어떤 부분에서는 과하다 싶을 만큼 애착이 강했다. 그렇게 애지중지하던 아이들에게 상처를 줄 수밖에 없던 이혼 이후 삶에 대한 어려움도 눈에 띄었다. 남편에 대한 이야기는 없었다. 원망조차도. 일기를 통해 그녀가 항우울제를 비롯한 정신과 약을 먹고 있다는 걸 알게 됐다. 항우울제의 일종인 미르타자핀을 주사로 처방 받은 기록도 있었다. 이런 기록은 심신 미약으로 판결에 영향을 줄 것이다. 윤 변호사는 증거 자료로 저장해 두었다. 그는 가만히 벽을 응시했다. 하경이 그랬던 것처럼.

그렇게 이슈가 되고 싶었어? 다들 거부하는 사건을 자진해 맡아서 고생 중이니 말이야. 자글자글 주름이 늘었어. 안 본 새에 십 년은 늙은 것 같네.

이슈라. 나는 그런 거에 관심 없네. 주어진 일을 하는 것뿐이야.

주어진 게 아니라 주워 먹은 일이라고 해야겠지. 요새 자네 사무실이 어렵다고 들었는데 이런 식으로 노이

즈 마케팅이라도 하려는 게 아니냐고 소문이 자자해.

박주상 변호사가 말했다. 말을 꼭 그런 식으로 해야 하냐고 따지려다가 입을 다물었다. 박 변호사는 사법연수원 동기 시절부터 윤 변호사를 견제하던 사람이다. 이유는 알 수 없지만 그렇게 느꼈다. 살다 보면 왜 그럴 때가 있지 않은가. 나는 상대에게 잘못한 게 없고 아무런 감정도 없는데 이유 없이 미움을 받고 있다는 느낌이 들 때가. 박 변호사는 윤 변호사에게 그런 느낌을 주는 사람이었다.

경험자로서 충고 하나 할까. 도하경은 절대 입을 열지 않아. 그러니 그 일에서 그만 손 떼는 게 좋을 것 같네. 세간에 오르내리는 것도 그렇고. 사람들 입이 좀 무섭나. 손 뗀다고 다 포기라 생각하진 않을 거야.
언제부터 나를 그렇게 생각했나.
변호 따위 필요 없는 짐승을 변호해 준다고 나서는 꼴이 몹시 안타까워서 말일세.
인간은 모두 짐승이지. 자네도 인간이고 말이야.
또 그놈의 삼단논법식 대화인가. 윤 변. 나는 자네가

정의감 넘치는 척하며 설레발치는 게 역겨워.

그럼 안 보고 안 만나면 되지 않은가. 왜 굳이 찾아와서.

아슬아슬하거든. 어쩐지 조금만 더 만나면 추락할 것 같잖아.

그가 이죽거리며 말했다. 호준은 들고 있던 컵을 테이블 위로 세게 내리치며 놓았다. 아메리카노의 진한 갈색 커피 방울이 사방으로 튀었다. 박 변호사의 나불대던 주둥이에도 새하얀 와이셔츠에도 몇 방울 날아갔다. 주상이 오만상을 찌푸리며 이어 억지웃음을 지어 보였다. 상대가 원하는 게 이런 건지도 모른다. 호준이 자제력을 잃고 공격해 주기를 바라는 것. 그렇게 생각하니 그리고 순간의 실수로 운명이 뒤바뀌어 버린 의뢰인들을 생각하니 이성의 끈을 놓지 않을 수 있었다.

어허 이거 미안해서 어쩌나. 요새 십 년은 더 늙은 관계로 수전증이 심해져서 말이야. 커피값은 자네가 계산하게. 곧 추락할지도 모를 놈에게 얻어먹을 좀생이는 아니겠지.

지금 여론이 어떤지 아는가?

여론 눈치나 보며 빌빌거리고, 능력 밖의 일이다 싶을 때는 망설이다 놓치니 자네가 늘 제자리인 걸세.

변호사 사무실이 잘 안 돼서 이슈 건을 맡았다는 건 어느 정도 사실이다. 윤 변호사는 요즘 자신의 임계점을 체감하는 중이다. 세상이 어려울수록 범죄가 증가한다지만 자신의 사무실은 각박해진 세상만큼 일거리도 박해졌다. 젊고 유능한 변호사들이 치고 올라오고 개업 변호사 사무실은 늘고 그럴 때마다 호준은 이 일에서 도태될까 봐 노심초사하게 되는 것이다. 그렇다 해도 박 변호사는, 그는 언제나 뇌에 있는 생각들을 필터로 거르지 않고 주둥이로 먼저 발사시켜 윤 변호사를 당혹스럽게 만들었다.

그따위 말에는 개의치 않을 수 있다. 그런데 도하경이 절대 입을 열지 않을 것 같다는 말. 그 말이 마음에 걸렸다. 자신도 그렇게 느꼈기 때문이다. 이번에 또 원하는 판결을 얻어내지 못한다면 의뢰인들의 감형이 아니라 자신의 직업 수명이 줄어들지도 모른다. 그가 초조한 것은 언제 도태될지 모르는 이런 처지 때문만은 아니다. 처음 일을 시작했을 때의 다짐, 사회의 정의에 작은 힘이나마 보탬이 되고 싶던 마음과 가해자든 피해자든 억울한 사람이 단 한 사람도 있어서는 안 된다는 신념이 깨질까 봐 두려워서도 있다. 도하경은 살인자다. 그것은 분명한 사실이다. 하지만 살인자라고 해서 억울함이 없는 것은 아니다.

인터넷은 여전히 도하경 사건으로 떠들썩했다. 아무리 큰일이라도 이삼일 정도가 지나면 잠잠해지기 마련이건만 사건 직후부터 날짜가 제법 지난 지금까지도 그녀는 온라인상에 댓글을 달 줄 아는 많은 사람에게 욕을 먹고 있다. 더불어 윤 변호사도 함께. 사람들은 쓰레기가 쓰레기를 변호한다고 비난하며 '쓰변'이라는 불명예스러운 닉네임도 지어 주었다. 돈이 그렇게 좋으냐고 빈정거리는 댓글도 있었다. 젊은 애 엄마가 자신의 아이들과 평범한 시민들이 보는 앞에서 주말 대낮 대형마트에서 흉기를 휘둘러 사람을 죽였다. 그것도 여러 번. 이 사실만으로도 사건은 사람들의 관심을 끌기 충분했고 세상은 온통 도하경을 난도질하며 윤 변호사를 조롱하고 있다.

박 변호사 앞에서 대범한 척은 했지만 윤 변호사도 사람인지라 이러한 여론 분위기를 느끼면 중심을 잃을 수밖에 없다. 그래서 일을 맡았을 때는 되도록 기사나 뉴스를 보지 않으려고 노력한다. 박주상의 말이 아니었다면 수고스레 스마트폰을 열어 도하경 사건 기사들을 찾아 댓글을 읽는 멍청한 짓은 하지 않았을 것이다. 다른 사람도 아니고 박주상의 말 때문에 휴대전화를 열다니. 머리가 지끈 저려온다. 변호사가 된 이후 두통은 고질병이 됐다. 그는 서랍 속에서 두통약 두 알을 꺼내 삼켰다. 내성이 생긴 건지 이제 적정량인 한 알 가지고는 미미한 효과밖에 느낄 수 없었으므로 언제나 두 알을 삼켜야 했다. 앞으로는 그 이상을 삼켜야 조금이나마 효과를 누릴 수 있을지도 모른다. 사건을 맡은 후에는 타인들을 일절 신경 쓰지 않아야 한다. 특히 기사나 댓글에 흔들리지 말아야 한다는 결심은 지금껏 불문율처럼 지켜왔음에도 결국 판도라의 상자를 열고 말았다.

사람들이 손가락질 해도, 그 손으로 욕하고 총을 겨누어도 그럼에도 누군가는 해야 할 일이다.

윤 변호사는 이 사건을 자진해 맡을 가치가 있었
는가를 자문해 보았다. 그리고 마음을 다독였다.
후회하지 말자고. 밤이 깊었다. 직원들이 하나둘
퇴근 준비를 시작했다.

변호사님 오늘도 밤샘이신가요.

오랜 기간 함께 일해 온 최서연 비서가 묻는다.
그는 씁쓸하게 웃으며 고개를 끄덕였다. 입사 초
윤 변호사의 눈치를 보며 퇴근하던 직원들에게
각자의 일을 마치면 무조건 퇴근하라 당부해 놓
았다. 윤 변호사의 퇴근 시간을 맞추려면 직원들
은 항상 야근이나 밤샘을 해야 했기 때문이었다.
처음에는 머뭇거리던 직원들도 윤 변호사의 일하
는 스타일을 파악하고 난 뒤로 알아서 퇴근하기
시작했다.

직원들이 나간 후 그는 피로감 가득한 몸을 소
파에 던졌다. 휴대전화를 보니 집에서 온 부재
중 전화만 다섯 통이 넘었다. 액정 화면 알림창에
는 오늘은 들어오는 거냐고 묻는 아이들의 문자
가 있었다. 아이들에게 미안하고 면목이 없었다.

항상 집안이 잘 돌아갈 수 있도록 싫은 내색 한
번 없이 고군분투하는 아내도. 전화하려고 보니 너
무 늦은 시간이었다. 아침이 되면 꼭 전화를 걸리
라 다짐했다. 밤인데도 밖은 여전히 밝았다. 자동
차의 불빛들이 세상을 비추고 있어서다. 도로는
차들로 가득했다. 서울은 잠들지 않는 도시다. 그
사실이 윤 변호사에게 위로가 되어 주었다.

공판 기일이 얼마 남지 않았다. 사건 자료를 훑
고 있는데 전화벨이 울렸다.

지금 당장 출발하겠습니다.

뜻밖의 연락을 받았다. 하경이 면담을 신청했
다고 한다. 윤 변호사는 곧바로 건물 지하 주차장
으로 내려가 자동차 시동을 걸었다. 내비게이션
에 서울 구치소를 찍었다. 내비게이션은 가장 빠
른 길로 안내를 시작했다.

　하경은 자신을 찾아온 윤 변호사를 빤히 쳐다보았다. 여전히 전과 같은 눈빛으로. 윤 변호사의 머릿속에는 복잡한 생각과 장면들이 스쳐 지나갔다. 그녀와 마주 보도록 놓인 테이블 앞에 오백 밀리리터 짜리 생수병이 놓여 있었다. 그는 그것의 뚜껑을 열어 물을 들이켰다. 한 병을 다 마셨는데도 갈증이 가시지 않았다. 그녀가 입을 열었다.

　…요.
　네 말씀하십시오.
　용을…… 죽였어…… 요…….

　이 말을 하는데도 한참의 시간이 걸렸다. 말을 한 마디 한 마디 할 때마다 힘겨워 보였다. 다음 말이 나오기까지 아마 십 분도 넘는 시간이 흘렀던 것 같다. 윤 변호사는 재촉하지 않았다.

…요,

그녀의 호흡이 불안정했다. 또 한참의 시간이 흘렀다.

용이, 서…… 진이……

하경의 얼굴이 고통과 괴로움으로 일그러졌다. 그녀는 수갑이 채워진 양 주먹으로 심장 부분을 꼭 누르고 있었다. 당장이라도 쓰러질 것처럼 비틀대며 바르르 떨어서 윤 변호사는 넘어질 것 같은 그녀를 받쳐 주기 위해 몇 번이나 손을 뻗어야 했는지 모른다.

일기장 속에서 하경은 자신이 세상에 홀로 버려졌다고 했다. 가장 믿고 의지하고 싶었던 부모로부터도 보호받은 적 없는 존재. 정말로 혼자여서 그런 생각이 들었으면 그렇게까지 외롭지는 않았을 텐데 그렇지 않았던 외로움이어서 더욱 견딜 수 없었다고. 하경이 무슨 말인가를 하려 다시 입을 벙긋거렸다. 그러나 입만 움직일 뿐 소리가 되어 나오지 않았다. 또 한참의 시간이 흘렀다. 한 번씩 심호흡했고 그럼에도 호흡은 점점 가빠졌다.

아이들⋯⋯ 보⋯⋯

하경은 말하다 말고 픽 쓰러졌다. 쓰러진 몸이 경련을 일으키며 떨렸다.

그날 하경은 칼을 가지러 가는 도중 마음이 어느 정도 진정되었었다. 그렇게 거대한 화를 품고 있는 건 그녀의 성격과 맞지 않았다. 계산대로 돌아오면서는 거의 진정이 됐고 칼을 가지러 간 자신의 행동에 놀라 몸서리를 쳤다. **아무리 화가 나도 그렇지. 이게 무슨 짓이야, 정신 차려 도하경.** 그렇게 혼잣말도 했다. 그때 어디선가 서준이 우는 듯한 소리가 들렸고 그 소리를 따라 그녀는 칼을 든 채로 계산대에 도착했다.

분명 근방에서 우는 소리를 들었는데 계산대

앞에 아이들이 보이지 않았다. 주변을 둘러보니 아이들은 계산대와 조금 떨어져 있는 화물용 엘리베이터 근처에 있었다. 아이들은 빗자루와 함께 있었고 여자는 아이들의 머리를 쥐어박고 있었다. 서준이 고개를 들자, 빗자루는 서준의 배를 향해 발길질했고 서준은 멀찌감치 나가떨어졌다. 서진이 항의하자 서진도 밀쳤다.

서진아, 서준아.

그때 문신이 지갑을 꺼내며 그 광경을 지켜보고 있었고 히죽거리는 표정 그대로 하경과 눈이 마주쳤다. 제 여자 친구가 아이들을 때리고 있는데 말리지는 못할망정 어떻게 저런 표정을 짓지, 하경은 경악했다. 아이들이 대체 얼마나 잘못했다고 저렇게까지. 이해할 수가 없었다. 계속 봐서 그런지 빗자루의 얼굴이 어딘지 낯이 익었고 하경의 마음속에서는 다시 꿈틀하고 겨우 진정시켰던 자아가 신음하기 시작했다.

애새끼들 정신 교육 잘하고 있네. 아줌마 없는 사이

에 쬐그만게 지 엄마한테 사과하라고 지랄 발광하대.
나 참 어이가 없어서. 그 애미에 그 새끼라는 말이 딱
이라니까. 사과받을 사람은 우리잖아.

사과해.

뭔 개소리야.

사과만 하면 아무 일 없었던 듯이 가줄게. 지금 겪
었던 일 모두 잊고 바로 집으로 돌아갈 거야. 그러니
까 아이들한테 그리고 나한테 어서 사과해.

사과? 후. 미쳐도 한 명만 미쳐야 하는데 온 가족
이 단체로 미쳤네. 딱해서 어쩌나. 그 모양이니 애들
이 아빠 없이 사는 거야. 이래서 아빠 없이 크는 새끼
들 하나도 안 불쌍하다니까. 아줌마나 애새끼들 하는
꼴 보면 나라도 같이 안 산다. 쯧쯧.

그는 하경에게 겁박을 주려 배까지 들이밀며 도
발했다. 그때 계산원이 문신이 카트에 담아 온 맥
주 캔 상자 들어 보이며 약간 짜증 조로 물었다.

지금 계산하실 건가요.

당근 해야지. 이 아줌이랑 애새끼들 때문에 종일 기
다렸는데. 어이 근데 캐셔, 고객한테는 친절한 말투를

사용해야 한다고 교육받았을 텐데.

　문신이 계산원의 명찰을 훑었다. 계산원은 매우 지친 얼굴이었다. 그러나 문신의 충고를 들은 뒤 직업 정신을 잊지 않고 형식상으로나마 예의를 갖춘 태도로 돌아와 포스 스캐너로 맥주 캔 바코드를 찍었다.

　총 오만 구천육백 원입니다. 적립 카드 있으신가요.
　캐셔 씨는 뭘 좀 아네. 금세 말투가 고분고분해졌어. 저 드센 아줌이랑 자식새끼들은 저따구로 살아서 남편까지 튀었다는데. 낄낄낄.

　순식간에 미친년이 된 하경은 문신이 지갑을 꺼내느라 정신이 빠져있을 때를 틈타 칼을 휘둘렀다. 미치지 않고서야 어떻게 그런 짓을 할 수 있었을까. 그러는 순간 자신의 아버지와 어머니 그리고 동생 하석이와 남편 주완의 얼굴이 차례로 떠올랐다. 충격에 빠진 서진은 멀찌감치 떨어져 엄마를 공포에 질린 눈으로 바라보고 있었다. 서준은 기절한 것 같았다. 참을 수 없는 분노에

이어 안쓰러움이 느껴졌다. 그녀는 아이들도 죽여야 한다고 생각했다. 그녀가 없으면 아이들을 돌볼 사람이 없다. 그러면 차라리 없어지는 게 낫지 않을까. 그런 정신 나간 생각을 하고 있을 때 하경의 전화벨이 울렸다. 주완이었다. 그녀는 주체할 수 없이 떨리는 피 묻은 손으로 통화 버튼을 눌렀다.

여보세요. 서진 아빠. 여보. 여기 집 근처 마트인데 얼른 와 줘. 응. 제발 좀 와줘. 나 너무 무서워. 흐흐흑.

뭐 여보. 웬 여보. 징그럽게 뭔 소리. 미쳤냐. 우리 남이야.

한 번, 이번 한 번만 도와줘. 나 당신한테 아무것도 부탁한 적 없었잖아. 그러니까 제발.

너보다 내가 더 급해서 그런데 옛 부부였던 정으로 돈이나 좀 부쳐 주라. 오늘 내로 막아야 할 자금이 있어. 계좌 번호 문자로 보낼게.

주완은 그 말만 하고 전화를 끊었다. 그래도 전 남편인데 아이들의 아빠인데 하경이 애원하면 달려와 줄지도 모른다고 그녀는 잠깐 생각했다. 그러나 전화는 끊겼고 문자에는 덩그러니 계좌 번호만 찍혀 있었다. 정말로 잔인한 건 사람의 마음을 죽이는 거다. 그 순간 주완은 세상에서 가장 잔인한 사람이었다.

하경은 현장에서 검거됐고 서진과 서준은 병원으로 옮겨졌다. 아이들은 아직도 쇼크 상태다. 사건을 목격한 사람들도 마찬가지였다. 그것이 바로 날이 갈수록 사람들의 분노가 거세지는 이유였다. 누군가 보지 않는다고 해도 절대로 해서는 안 될 일이지만, 모두가 보는 앞에서 그런 짓을 저질렀기 때문에 더욱 분노했다. 평범한 엄마에서 살인자가 되기까지 그 짧은 순간순간에 틈이 있었다. 하지만 결국 불행한 결과를 초래하고 말았다.

하경은 여전히 자신이 용을 죽였다고 믿고 있는 듯 했지만 무방비 상태에서 무자비한 광경을 의도치 않게 목격해야 했던 사람들과 아이들이 그곳에 있었다. 상담하고 진정시키는 데에는 많은 인력과 자본, 시간이 소요될 것이다.

어떤 이유에서든 폭력과 살인 또는 욕설조차도

정당화될 수 없다고 주장하는 윤 변호사는 그 신념을 지키기 위해 변호사가 되었다. 하지만 변호사라는 직업은 언제나 그에게 저울을 주며 정확한 판단을 요구했다. 저울이 억울한 사람 쪽으로 기울어지지 않도록 죄의 무게를 측정해야 하는 일, 그것은 신만이 가능한 일일 지도 모른다. 사건의 결과만을 놓고 보면 재고의 여지란 있을 수 없이 명명백백 그녀의 잘못이다. 옹호할 생각도 없고 옹호해서도 안 되는 일이다. 너무 흥분했고 자제하지 못했고 한 인간의 삶을 그의 의지와 상관없이 영원히 세상으로부터 격리시켜 버렸다.

그렇다고 해서 피해자 김수철은 완전무결하다 할 수 있는가. 평범하게 뛰던 그녀의 심장에서 살인이라는 피를 끓게 한 김수철에게는 살해를 당했다는 이유로 인해 실낱같은 잘못조차 물어서도 안 되는 걸까. 어떤 사건에서도 일방적 잘못이라는 건 없지만 결과론적으로 보면 대개 피해를 크게 입은 쪽이 일방적 피해자가 되는 경우가 많다. 상당히 복잡한 구조 속에서 이토록 단순하게 피해자와 가해자가 가려지는 것이다. 변호사의 저울로도 잴 수 없는 것이 있다. 바로 사건의 무게, 죄의 중량,

피해의 경중, 가해와 피해의 비율, 객관적 사실만
으로 사건을 판단하기에는 인간 개개인의 고유한
인생사와 상황들이 너무도 복잡하게 얽혀 있다.

처음 사건을 봤을 때 윤 변호사는 도하경을 이
해할 수 없었다. 그런데 지금은 김수철을 이해할
수 없다.

힘겨운 질문에 힘겹게 답하고 난 후 도하경은
다시 입을 닫았다. 윤 변호사는 서준의 상태에 대
해 전달할까 하다가 그만두었다. 얼마 전 윤 변호
사는 서준이 입원한 병원에 병문안을 다녀왔다.
그는 서준이 좋아한다는 헬로카봇 K캅스 변신 로
봇 세트를 사갔다. 윤 변호사를 보고도 누구냐 묻
지 않았고 엄마보다 좋다고 했다던 장난감을 쳐다
보지도 않았다. 아이는 엄마보다도 메마르고 앙상
했다. 새카맣게 옴폭 패인 눈두덩 속 새카만 눈망
울이 생에 대한 결말을 예고해 주는 것 같았다.

네가 서준이구나. 몸은 좀 어떠니.

서준과 서진은 한 병실에 있었다. 서진의 상태

는 그래도 서준보다는 조금 양호해 보였다. 두 형제는 수액과 진정제를 맞고 있었다. 상처가 회복되는 대로 시설에 옮겨져 정신과 치료와 심리 상담을 받게 될 것이다. 지금 상담을 진행하는 건 무리라고 판단한 담당의가 상담을 보류해 두었다고 한다. 빨리빨리 일을 진행해 예산 집행을 끝내고 보여 주기식 처리만 하면 된다는 윗선의 압박에도 불구하고. 서준이는 물조차 마시려고 하지 않아 수액으로 간신히 버티고 있었다. 형이 곁에 있는데도 밤마다 엄마와 형을 찾으며 우는 바람에 다른 환자들의 민원이 들어왔다고 한다. 간호사가 들어와 수액을 교체했다. 그것만 보고도 서준은 겁을 먹고 울었으나 크게 울지는 않았다. 아이가 어떻게 저럴 수 있나 싶게 속으로, 속으로 삼키는 울음이었다. 서준이 목 놓아 울 때는 엄마와 형을 찾을 때 빼고는 없다고 간호사가 말했다. 간호사가 나갈 때 윤 변호사도 함께 따라 나가 명함을 건넨 뒤 물었다.

실례합니다. 혹시 아이들에게 누군가 면회 온 걸 본 적이 있나요.

간호사는 고개를 저었다.

아버지가 아니라면 할머니, 할아버지도 안 오셨나요.
네, 저희가 삼교대라 자리를 비우는 시간이 있기는
한데 인수인계 때 그런 정보는 공유하거든요. 아직 아
무도 안 오신 걸로 알아요.
알겠습니다. 아이들 많이 힘들어하죠.
그렇죠. 앞으로가 더 걱정이기는 하지만, 더 물을 말
씀 없으신가요. 제가 급히 외래로 내려가 봐야 해서.

윤 변호사는 간호사에게 무슨 일이 있거나 면
회객 방문 시 연락을 달라고 부탁했다. 윤 변호사
는 생각했다. 가끔 어디론가 숨어 버리고 싶다고.
도하경이 다시 입을 열었다. 이번에는 사력을 다
해 말을 끊지 않고 이어갔다.

변호사님의 선임에 동의했던 건……

윤 변호사는 고개를 끄덕였다.

모든 걸…… 끝내고…… 싶어서…… 더는…… 살고

싶지…… 않아서…… 변호 같은 것…… 필요 없……

　둘째 이안에게 또 부재중 전화가 와 있었다. 다시 전화를 거니 받지 않았다. 벌써 두 시간 전에 온 전화다. 지금쯤 아마 학원에서 수업을 듣거나 친구들과 놀고 있을지도 모른다.

　학원이니. 문자를 보내려다가 그만두었다. 문자를 보면 아이가 다시 전화를 해올 것이고 윤 변이 받을 수 없는 상황에 전화를 해온다면 상심할 게 뻔하다. 이러나저러나 아빠는 쓸모없다고 생각할 것 같다. 너무 오랜 시간 아내에게 집안의 대소사를 맡겨 버리고 아이들에게서 멀어져 있던 탓인지 무슨 말을 어떻게 해야 하는지 잊어버렸다. 그러다가 문자도 전화도 잊고 어느새 다른 상념으로 넘어가 버리는 거다. 정말 무심한 아빠다.

　자신은 무엇을 위해 대체 무엇 때문에 상처로 짓이겨진 사람들의 마음을 후벼 파내는 역할까지 자처하고 있는가. 억울한 사람의 형량을 줄여 주려고? 박 변호사 말대로 정의를 부르짖고 싶어서? 변호사라는 직업이 남에게 보여 주기 근사하니까? 확실한 건 처음 일을 시작했을 때의 다짐들이 점점 퇴색되어 가고 있다는 것뿐이다. 자기 일도 무엇 하나 제대로 하지 못하면서 아이들은 언제나 뒷전인 아빠 주제에 누군가를 위해 일한다고 하는 것 자체가 아이러니다.

도하경의 전 남편, 이주완이 연락을 해온 건 그녀와 윤 변호사의 면담 일부가 기사화되고 난 며칠 뒤였다. 그의 목소리에는 힘든 기색이나 슬픔이 느껴지지 않았다. 누군가 그 감정만을 도려내 제거한 것처럼. 아이들에 관한 것도 묻지 않았다. 도하경이 느꼈던 외로움이 윤 변호사에게도 전해졌다. 명색이 아이들 아버지인데 어떻게 그럴 수가 있지. 호준은 생각했다. 자신도 좋은 아빠는 못 됐지만 이주완은 일반적 기준을 넘어선 것 같았다. 윤 변호사도 한 번 본 것이 전부지만 서준이 울음을 삼키던 모습이 아직도 눈에 선한데. 주완은 하경의 진술에 거짓이 있다고 했다. 그리고 자신은 그녀가 그런 짓을 한 이유를 알고 있다고도. 그게 형량을 줄이는 데 도움이 될 수 있을 것 같냐고 물었다. 윤 변호사는 어떤 이유인지에 따라 달라질 거라고 답했다.

그런데 어떤 거짓을 말씀하시는 겁니까.

네. 저 말씀 드릴 수는 있는데.

이주완은 뜸을 들였다. 윤 변호사는 주완에게 만나서 이야기를 하자고 제안했다. 주완은 거절했다. 번호도 이주완의 번호가 아니었다. 만나게 되면 자신의 일부분이라도 혹여 노출될까 염려되어 만남은 피하고 싶다는 뜻을 피력했다.

통화 내용 녹음 안 하고 계신 거 맞죠.

상대방 동의 없이 녹음하지는 않습니다만.

거짓말.

예?

아, 아니에요.

사실 둘의 통화는 녹음이 되고 있었다. 법적 증거로 사용하기 위한 대화자 간의 녹음 파일은 불법이 아니므로 상대가 동의하지 않아도 정황에 따라 증거 자료로 참작될 수 있다. 윤 변호사는 직업상 필요해 통화 시 자동 녹음 기능을 설정해 두었다. 이는 관련된 일을 하는 사람이라면 모두 그렇게 할 것이다.

그럼 솔직하게 말씀드릴게요. 이런 말씀을 먼저 드리기가 좀 그렇기는 한데 윤 변호사님의 인터뷰에 질의응답을 해 드리면 혹시 인터뷰 비용이 발생하나요.
비용이라, 어느 정도 예상하십니까.

윤 변호사는 눈치를 챘다. 이주완이 도하경의 사건에 대한 어떤 비밀도 증거도 가지고 있지 않다는 것을. 법원에 공판 기일 연기 신청서를 제출하고 나오던 중 박 변호사로부터 전화가 왔다. 윤 변호사는 받지 않았다. 전화를 받지 않자, 문자가 왔다. 문자에는 윤 변호사의 사무실 앞에서 기다리고 있으니 어서 와 달라는 메시지가 남겨져 있었다. 금방 갈 수 있는 거리였지만 그를 마주할 기분이 아니었다. 쌓인 일이 산더미 같은데 언제까지 이 사건에 무게를 두고 다른 일들을 진행해야 하는 건지 이제는 막막하게 느껴졌다. 길고 지난한 시간을 잘 견디는 편이라고 생각했는데 끝이 보이지 않는 터널 앞에서는 그도 어쩔 수 없는 범인이었다. 어떻게든 결론이 난다고 해도 끝내

끝날 것 같지 않은 사건. 공소시효가 만료될 때까지 풀지 못한 미제 사건처럼 윤 변호사 마음에 평생의 응어리로 남을 것 같은 사건이 되리라는 예감이 든다. 다시 전화벨이 울렸다. 실수로 통화 버튼이 눌려버렸다.

밖이야. 들어가려면 시간이 걸릴 텐데.

자네 혹시 의도적으로 내 전화를 피하는 건가.

내가 뭐라 한들 그렇게 느꼈다면 그런 거겠지.

오호, 이런. 아쉽게 됐네. 내가 여기까지 온 데는 분명 이유가 있을 텐데 말이야.

궁금하지는 않지만 원하는 것 같으니 묻겠네. 이유가 뭔가.

흠, 이걸 알려 주어야 하나.

괜찮네. 그럼 이만 끊겠네.

자, 잠깐만. 우연히 이주완 지인을 알게 됐는데, 재밌게 됐어. 낚시꾼이라면 대어를 낚을 만한 정보지.

그렇군.

어째 미적지근하네. 그런 척하는 건가. 연기가 제법 늘었어. 자네 아직 도하경 사건에 혈안이지 않은가.

그래. 맞아. 그렇지만 난 다른 사람을 통해 듣는 말

은 믿지 않아. 이주완과는 이미 통화했네.

이주완이라. 자네와 통화한 사람이 정말 이주완이라 확신하나. 오늘 처음 목소리를 들은 걸 텐데.

윤 변호사는 박 변호사의 꿍꿍이에 대해 빠르게 머리를 굴려보았다. 전에도 이런 식으로 사건을 교란한 적이 있었기 때문이다. 윤 변호사가 말이 없자 박주상이 먼저 입을 열었다.

이 바닥에서 오래 뒹군 사람치고는 자네가 너무 순진한 면이 있어서 말이야.

그 순진함을 자네도 좀 배워야 할 필요가 있지. 오늘은 이만 돌아가게. 귀한 시간 낭비 말고.

윤 변호사는 전화를 끊었다. 설령 실제로 박 변호사에게 도하경 사건과 관련한 새로운 정보가 있다고 한들 그는 내어 줄 생각이 없을 것이다. 다만 약 올리러 온 것일 뿐. 주상이 가진 정보에 대한 허기도 없다. 사회에 나와서 깨달은 진리가 하나 있다면 절대로 누군가를 믿지 말아야 하며 때로는 자기 자신조차 신뢰해서는 안 된다는 것뿐이다.

평소 마음속에 적대감 같은 걸 가지고 있었나요. 이를테면 작은 일에 흥분한다거나 그냥 지나가는 사람이거나 모르는 사람인데도 나를 공격하지 않을까 혹은 시비를 걸지 않을까 하는 우려 때문에 나도 모르게 인상을 쓰고 있게 된다거나, 아니면 일상에서 사람들을 보고 느꼈던 감정 같은 것을 편하게 말하셔도 괜찮습니다.

모든 걸 다 안다는 듯 교조적인 어조로 상담사가 물었다.

말씀하기 싫으신 거 이해해요. 지금 당장은 말하지 않아도 좋고요. 하지만 자신의 마음을 누군가에게 털어놓는 것도 마음을 치유하는 데 상당히 도움이 됩니다.

벌써 세 번째다. 세 번째 심리 상담사 이수경도 그녀의 입을 열지 못했다. 하경은 의아했다. 저 사람이 정말 자신의 마음을 이해할 수 있어서 저렇게 말하는 건지를. 그런데 어떻게 이해할 수가 있겠는가. 사람의 마음은 그 당사자가 되어 보지 않는 한 절대로 이해할 수 없다. 역지사지도 서로를 굴복시키기 위해 창조된 말일 뿐이다. 주장을 뒷받침하는 근거만 타당하다면 말의 편리성을 적용하는 것만큼 손쉽고 합리적인 억압은 없을 테니. 상대의 입장이 되어 마음을 헤아려 보는 것 또한 순전히 자기 범주 내에 있는 사고 회로를 통해서만 가능한 데다 정말로 억울하면 제아무리 훌륭한 말이라도 귀에 들어올 리 만무하다.

저 여자도 직업인으로서 일을 하고 있는 것뿐이다. 이해라는 말 자체가 역겹다. 그리고 식상했다. 당연한 이야기들을 뻔하게 늘어놓는 상담 전문가들이. 사는 동안 내내 누구에게도 마음을 터놓고 이야기해 본 적이 없는데 전혀 알지도 못하는 처음 보는 사람에게, 그것도 다시 볼 일 없을 그런 이들에게 하경이 무슨 말을 할 수 있을까. 상대의 마음 우위를 점령했다는 태도로 일관하며 하경의 입을 열게 할 수 있을 거라는 생각이 하경은 놀라웠다.

상담사는 그녀에게 그림을 그려보라고 했다. 무엇이든 상관없다고. 빨리 이 시간을 벗어나고 싶었던 하경은 그림을 그렸다. 빨간 펜을 집어 들어 네모난 집을 그리고 그 위에 엑스 표시를 했다. 살던 동네가 산동네였고 주변에 산이 많았으므로 산도 그렸다. 하경에게 네모난 집은 아이들과 살던 아파트이고 엑스는 이제 다시 그 집에 살 수 없으며 아이들과도 더 이상 볼 수 없음을 뜻했다. 빨간색은 가까이에 있어 집어 든 색이다. 검정을 사용하고 싶었으나 조금 멀리 있었고 색깔을 골라 집을 만한 여력이 있지도 않았다.

그림에 산이 많은 건 해결해야 할 문제가 많다는 뜻이에요. 네모난 집은 사람을 잘 믿지 못하고 융통성이 부족한 성격을 보여 주고 있습니다. 합리적이지 못하고 비타협적인 성격을 반영한다고 할 수 있겠네요. 빨간색 펜 말고는 사용하지 않았는데 한 가지 색만 사용하는 건 고집스러운 면을 나타냄과 동시에 심리학에서 빨간색은 내면의 파괴력을 드러냅니다. 엑스는 부

정하는 것이지요. 자신 앞에 주어진 것들을. 음, 아주
복잡한 심리 상태라고 할 수 있어요.

　하경은 생각했다. 말이라는 건 갖다 붙이기 마
련이며 그에 부연된 의미도 그렇다고. 만약 하경
이 그게 아니라고 반박했다면 상담가는 자기도
모르는 내면의 심리 상태라는 것이 있다며 하경
의 의견을 묵살했을 것이다. 함께 듣던 경찰과 변
호사는 고개를 주억거렸다. 이제 누구든 그만 만
나고 싶어 하던 하경이 그림을 그린 것도 이번이
처음이었기 때문에 사람들은 이수경 상담사를 높
이 평가했다. 상담 후 달라진 점이 있다면 하경이
식사를 했다는 점이다. 그녀는 상담이 있는 날에
는 밥을 먹었다. 식사라고는 할 수 없는 밥풀 몇
개를 무기력하게 씹는 정도였지만 말이다. 상담
사들의 현란한 말재주에 압도되어 갈증과 허기가
죽을 만큼 심해졌기 때문이기도 하고 어쩌다 밥
을 먹고 보니 우연치않게 그날이 상담이 있었던
날일 뿐이었음에도 사람들은 신기해했다. 역시나
전문가는 필요한 것이고 이런저런 프로그램과 상
담이 제법 효력을 발휘한다고 확신하면서.

미화시킬 생각 마. 그냥 범죄자야. 다른 범죄자들이랑 똑같아. 도덕과 윤리를 말소시킨 뇌 구조라고.

도하경은 상황이 좀 달라. 화목하지 못한 환경에서 자랐고 결혼 생활 또한 평탄치 않아 가슴에 분출하지 못한 화산이 부글부글 끓고 있었어. 게다가…

윤 변, 저 정도 연령대가 되면 이제는 자기 문제야. 과거 운운 부모님과 타인 운운하며 책임을 돌리기에는 성숙하다 못해 숙성했을 나이라고. 아이들에 대한 사랑…… 이라기에는 그저 유난한 집착이지. 어른들의 선택으로 인해 원치 않은 결과로 살아야 했을 자식이 그 정도로 안쓰럽지 않고 짠하지 않은 부모가 어디 있어. 어떤 사람들은 사랑과 집착을 동일 선상에 두려고 해. 상당히 위험하고 또 어리석은 생각인데 그래야 자기 마음이 편하니까. 도하경 역시 터질 게 터진 거지.

김수철 조사해 봤어? 그 자식은 거의 미친……

김수철도 제정신은 아니야. 동의해. 하지만 나였다면 자리를 피하거나 싸우다 끝내고 말지 죽이지는 않았을 거거든. 도하경은 다른 유사 상황에 직면했어도 같은 행동을 했을 거야. 사이코패스 테스트 결과 그냥 두면 연쇄적으로 범행을 저질렀을 가능성도 제법 높게 나왔어.

윤 변호사는 냉철하기로 유명한 수경의 평가가 상당히 거슬렸다. 그 평가가 사건 결과에 영향을 줄 수 있기 때문에도 그랬지만 더 큰 이유는 수경은 하경이 겪었던 일의 내막을 표면적으로만 이해하려 들었기 때문이다.

유능한 상담가가 그렇게밖에 분석이 안 돼? 아직 산의 초입이야.

윤 변, 왜 이래. 너를 알고 지낸 지 십 년도 넘었지만 나는 네가 아는 사람을 통틀어 가장 이성적인 사람 중 한 명이라 생각해 왔어. 잘못 안 거니. 이런 말 말 같지도 않다만 혹시 도하경에게 다른 감정 느끼는 거 아니야?

오랜 친구 수경이 비판하듯 말했다. 그는 뜨끔했다. 수경이 전혀 말도 안 되는 이야기를 하고 있다고 펄펄 뛰며 난리를 쳐야 하는 상황에서의 뜨끔함이 너무도 뜨끔해 당황스러웠다.

설마 진짜야? 일일이 나서는 것도 그렇고 그 사람 아들까지 찾아간 것도 수상해. 너 도하경 아들 병문안도 갔었다며, 변호사가 그렇게 한가해?

그는 얼른 정신을 차렸다.

박사는 박사네. 이런 식으로 사람 심리 뚫어 보는구만.

맙소사. 정말이야 그럼? 내가 당장 네 표정을 봐야 하는데.

대체 무슨 소릴 하는 거야. 네 상상력이 너무 발칙하니 기가 막혀서 말문도 막혔다. 됐지.

윤 변호사는 부랴부랴 전화를 끊었다. 그리고 사무실 안을 서성거렸다. 수경의 말에 다시 하경을 떠올려 보았다. 도하경. 백육십이 조금 넘는 키에 뼈밖에 없는 듯 앙상한 몸. 하얗게 질리다 못해 창백한 얼굴, 커다랗고 검은 눈망울. 범죄를 저지르기 전에는 괜찮았겠지. 변호사가 아닌 남자로서 본다면 보호 본능을 일으킬 수도 있는 사람이라 생각됐다. 헛웃음이 났다. 그래도 그렇지. 그런 상상을 하다니. 그는 컴퓨터 모니터를 바라보며 엉뚱한 생각을 떨쳐 냈다.

어, 그래. 이안아, 주안아.

휴대전화 화면 속에 아이들의 달뜬 얼굴이 보였다.

와, 드디어 받았다. 아빠 BTS보다 더 바쁘신 것 같아요. 집에는 언제 오세요. 보고 싶어요.
아빠가 꼭 처리해야 할 사건이 있어. 그거 해결되는 대로 집에 갈게. 아빠도 너희들이 너무 보고 싶었는데 화면으로나마 보니 살 것 같다. 학교는?
오늘 개교기념일이에요.

신나게 떠들던 아이들이 전화기를 엄마에게 건넸다. 화면 가득 아내의 얼굴이 등장했다. 친숙해야 할 얼굴이 낯설게 느껴진다.

네, 저예요. 건강은 괜찮죠.
나야 뭐, 당신 건강 잘 챙겨. 미안해. 매번 기다리게만 해서.
적응돼서 나는 괜찮아요. 아이들이 서운해 하지. 오늘 사무실로 도시락 싼 거 보냈어요. 영양제도 같이.

꼭 챙겨 먹어요.

뭘 또 보냈어. 아이들 보는 것만으로도 고생스러울 텐데. 알겠어. 그럼, 오늘도 수고해.

윤 변호사의 아내는 일주일에 두세 번 정도 꼭 직접 만든 도시락을 싸서 퀵을 통해 보냈다. 사무실 식구들도 먹을 만큼 넉넉히. 과일이나 비타민, 홍삼 등도 함께 보냈는데 호준이 그걸 먹은 적은 거의 없다. 잦은 외근으로 도시락은 언제나 직원들 차지였고 영양제는 책상에 차곡차곡 쌓여 있었다. 남자 직원들 사이에서 아내의 칭찬이 얼마나 자자한지 아는 만큼 여자 직원들이 윤 변호사를 어떻게 생각하는지도 안다. 그는 최악 중 최악의 남편이다. 점심시간에 맞춰 도시락이 배달됐다.

와, 사모님 진짜 대단하세요. 이렇게 꾸준히 낙지소고기볶음에, 과일에, 샐러드에. 도시락 통도 환경을 생각해서 일회용 아닌 것 맞죠.

도시락을 싸며 환경까지 생각하시다니, 정말 완벽한 분이라니까요.

여기저기서 감탄이 터져 나왔다.

어쩌지. 나는 나가봐야 하는데. 식사 맛있게들 해.
또요? 매번 저희만 먹는 거 알면 사모님께서 실망
하실 텐데. 죄책감 어쩌죠.
누구라도 맛있게 먹으면 그걸로 됐지. 미안, 선약이
있어서.
미안은 사모님께 하셔야 할 것 같은데.

윤 변호사는 사무실을 나와 하경에게로 갔다.
그녀의 얼굴을 보니 모든 게 원점으로 돌아간 것
같은 느낌이 들었다. 잠시 뜸을 들이던 윤 변호사
는 하경에게 주완과 통화한 이야기를 했다. 이주
완의 이름이 나오자마자 그녀는 태도 변화를 보
였다. 갑자기 머리를 쥐어뜯는가 하면 성대가 찢
어져라 비명을 질렀다. 수갑을 찬 손목이 발개질
정도로 손을 비틀어 주체하지 못했고 바닥에 뒹
굴며 몸을 떨었다. 입에서는 타액이 흘렀다. 초점
을 잃은 눈동자가 이리저리 굴러다녔다. 또다시
발작이다. 갈수록 강렬해지는 발작. 저 가녀린 몸
어디에서 저런 파괴력이 나오는 걸까. 그녀는 즉

시 구치소 내 보건실로 옮겨졌고 벤조디아제핀 계열 중에서도 독성이 강하다는 알프라졸람을 맞았다. 약 기운이 돌며 발작은 잠잠해졌고 함께 처방된 수면제로 인해 그녀는 깊은 잠 속으로 빠져들었다. 괜한 이야기를 꺼낸 건가 싶은 마음이 들었다. 시간이 얼마 남지 않았다.

사무실로 돌아가려던 윤 변호사는 급히 차를 돌려서 유턴했다. 으리으리한 새 아파트의 꼭대기 층은 차 안에서 다 보이지도 않았다. 가족들의 행복과 사회 정의라는 핑계 뒤에 숨어서 실은 겨우 한 채 얻어낸 이 마천루 속 삶을 지키기 위해 시간을 희생하며 달려온 건지도 모른다. 윤 변호사는 자신의 전용 주차 공간에 차를 대고 공동 현관에 얼굴을 인식시킨 뒤 엘리베이터를 타고 이십일 층 버튼을 눌렀다. 예고도 없이 늦은 시간에 들어갔기 때문에 아이들은 이미 잠들어 있었다. 아내는 주방에서 설거지를 하고 있다. 그런 아내의 뒷모습이 지친 윤 변호사의 마음에 평온함을 주었다. 그는 설거지하는 아내를 뒤에서 살짝 끌어안았다. 조용히 다가가 놀랄 줄 알았는데 아내는 전혀 놀라지 않은 기색이다.

내일도 새벽에 출근해야 해서 아이들은 볼 수 없겠죠.

아마도.

흠.

미안해. 도하경 사건만 끝나면 휴가 내서 당신이랑 그리고 아이들이랑 시간 보낼 수 있도록 할게.

괜찮아요. 집안일은 신경 쓰지 마세요. 바깥일로도 충분히 피곤하실 텐데.

아내는 커피를 내왔다. 그녀는 잔소리도 푸념도 하지 않았다. 그의 일에 방해가 될 만한 일은 어떤 행동도 하지 않았다. 언제나 그렇듯 묵묵히 내조할 뿐이었다. 호준은 생각했다. 지은이 화를 내거나 투정을 부렸다면 어땠을까. 아내의 태평양같이 넓은 이해심이 어떤 때에는 그를 참을 수 없게 했다. 그녀도 호준보다 이 아파트와 외제차, 윤 변호사라는 포장지를 더 지키고 싶은 건지도 모르겠다.

그렇게 매번 신경 쓰지 말라는 말이 나를 안심시킨
다고 생각하는 거야 당신은?

느닷없이 날이 선 그의 말투에 커피를 마시던
아내의 표정이 구겨졌다.

무슨 뜻이에요.
지쳐. 지친다고. 내가 집에 왜 안 들어오는 줄 알아.
바쁘니까.
얼마나 소외감을 느끼는 줄 아느냐고. 매번 혼자 다
해결하겠다는 당신도, 아빠 없이 너무도 잘 커나가는
아이들도 나한테 얼마나 외로움을 느끼게 하는지 당
신은 모를 거야. 여기에만 오면 쓸모없는 사람처럼 느
껴져, 숨이 막힐 만큼.

아내가 호준을 바라보았다. 자신 역시 참고 견
딘 세월을 고작 저렇게밖에 표현하지 못하는 남
편에게 할 말을 잃은 듯했다. 윤 변호사도 자기
입에서 왜 안 해도 될 그런 말이 튀어나왔는지 알
수 없었다. 평소 술을 입에도 대지 않는 아내가
냉장고에서 소주를 꺼내 왔다.

우리 집에 웬 술이야.

그녀는 대답 없이 소주병 뚜껑을 열었다. 컵에 담긴 커피를 개수대에 부은 다음 컵을 헹구지도 않고 소주를 콸콸 따르더니 단숨에 들이켠 후 입을 옷소매로 쓱 문질러 닦았다.

그럼, 내가 화내고 짜증 내고 감정대로 마음대로 행동할까요, 그랬으면 좋겠어요? 그게 당신이 진짜로 바라는 거예요?
당신의 그 인내심이 날 미치게 한다고.
인내심? 아뇨, 체념한 거예요. 이웃 중 몇몇은 내가 혼자 사는 여자인 줄 알더군요. 아이들 클 때까지 더 이상 내 손길 필요하지 않을 때까지 그때까지만 참고 견딜 거예요. 그러니까 제발, 이상한 소리 하지 말고 참견도 하지 말고 그냥 내가 하는 대로 내버려 둬요. 나도 미쳐 버릴 것 같으니까.

그 말을 들었을 때 그는 왜 그녀의 눈에서 하경의 눈빛을 읽었을까. 지은도 참다 참다 폭발할 것 같아서, 도하경처럼 언젠가 무슨 일을 저지를 것만 같아서 자신이 한 말을 후회했다. 그는 그녀 곁으로 다가갔다.

미안해. 고맙고. 이 말을 하려던 건데. 못난 남편이다. 정말.

호준은 지은을 품에 안았다. 지은의 뜨거워진 몸이 서서히 정상 체온을 찾아갔다. 서운했던 감정도 함께 식은 것처럼. 아내도 그가 필요했던 거다. 신혼 초 항상 그의 품에 안겨야만 잠들 정도로 겁이 많았던 아내가 이제 혼자서도 씩씩하게 잠드는 것을 보며 씁쓸함이 느껴졌다. 새벽, 아직 아이들은 잠들어 있다. 잠든 아이들의 얼굴에 입을 맞추고 출근을 위해 주차장으로 걸어가는데 전화벨이 울렸다.

그래, 곧 갈게.

윤 변호사는 사무실 주차장에 차를 대자마자 곧장 엘리베이터 오 층 버튼을 눌렀다. 사무실 안으로 들어가니 흰색 리넨 와이셔츠에 검정 슬랙

스 차림의 그가 기다리고 있었다.

이주완 씨?
네, 안녕하세요. 윤 변호사님. 이제야 찾아뵙네요.

최서연 비서가 회의실로 따뜻한 잎 녹차를 내
왔다. 무슨 말을 먼저 꺼내야 할지 고심하고 있는
데 주완이 입을 열었다.

하경이가 마트에서 죽인 김수철 옆의 여자 말입니
다. 이혼 전에 제가 집에 데려갔던 적이 있는 노래방
도우미 중 한 명입니다. 혹시 알고 계셨는지.

그녀와 하경 사이에 연관성이 있을지도 모른다
고 추측은 했으나 몰랐던 사실이다.

도하경도 그 사실을 알고 있었나요.
제가 데려간 여자들이 많아서, 하경이는 알고 있었
는지 모르겠습니다만 그 여자는 한 눈에 하경이를 알
아봤다고 하더군요. 알았다면 그 사실이 하경이를 더
자극했을까요? 기사에 댓글들을 보니 사람들은 하경

이를 두고 준비된 살인마다, 인간이기를 포기했다 그러는데 제가 아는 한 절대로 그런 짓을 할 사람은 아닙니다.

음.

시간이 지날수록 모든 게 제 탓인 것만 같아 괴롭습니다. 하경이와는 이혼했지만, 하경이는 착한 사람이었어요. 저 같은 놈만 만나지 않았더라도 이런 일은 없었을 겁니다.

이주완이 고개를 숙였다. 지난번 통화할 때는 느끼지 못했던 진심이 전해져 왔다. 그러고 보니 지난번 통화할 때와 목소리도 달랐다.

어제 하경이를 찾아갔었습니다. 만나 주지는 않았는데 직원분께서 메모 한 장을 건네더군요. 메모지에는 아이들을 잘 부탁한다고만 적혀 있었습니다. 하경의 글씨는 아니었고 관계자가 대필한 것 같았어요. 하경이와 이야기를 하고 싶었는데 욕심이었던 거겠죠.

뭐, 누구에게도 입을 열지 않으니까요. 일단 알겠습니다. 혹시 저를 찾아오신 다른 이유가 또 있나요.

윤 변호사가 그의 의중을 떠보기 위해 질문했다.

아닙니다. 도움이 될지는 모르겠지만 그냥 지금 드린 말씀 전하러 왔습니다.

주완이 용기 내어 윤 변호사를 찾아온 이유는 이번 사건에 자신도 책임이 있음을 인정하고 책임을 회피하고 싶지 않아서라고 했다. 가능할지 모르겠지만, 형량을 최대한 줄여 주고 싶고 그게 전 남편이자 아이들의 아빠로서 할 수 있는 마지막 일이지 않겠냐며 혹시 자신이 도울 수 있는 일이 있다면 알려 달라고 했다. 마지막 통화 때 하경의 간절함을 외면했던 것이 아직도 마음에 걸린다고.
윤 변호사는 이주완을 싸늘하게 바라보았다. 그의 뒤늦은 반성이 전혀 고맙게 느껴지지 않았다. 세상이 또다시 저울을 주고 이주완의 진심이 몇 그램인지 재어 달라 종용하는 것 같았다.

혹시
네.
아이들은 찾아가 보셨는지.

주완의 얼굴이 슬픈 빛으로 바뀌었다. 그는 한참 후에 입을 열었다.

아뇨. 제가 가도 누군지 알지 못할 겁니다. 보고 싶지만, 더는 마음을 아프게 하고 싶지 않습니다. 혼란을 주고 싶지 않아요. 그게 아빠로서 제가 할 수 있는 최선의 배려입니다.
알겠습니다. 필요한 일이 생기면 연락드리겠습니다.

정이 없어서 아이를 찾아가지 않는다고 생각했는데 막상 주완을 만나보니 꼭 그런 것만은 아니었던 모양이다. 주완이 나가자마자 지난번 녹음해 두었던 휴대전화의 음성 파일과 지금 녹음한 기록을 대조해 보았다. 짐작은 했지만 역시나였다. 하경의 상태는 점점 심각해졌다. 이렇게 살고 싶지 않다는 말을 정말로 실천에 옮길 작정인 것처럼.

이야 이게 누구야. 변호사님 오랜만이십니다. 요새도 사건들 때문에 눈코 뜰 새 없으신 모양이에요.

윤 변호사보다 조금 더 나이가 들어 보이는 포장마차 사장 우준구가 고추장 양념으로 맛깔스럽게 구운 장어를 내오며 말했다. 소주도 함께. 아직 주문하지도 않았는데 안주를 내오고 윤 변호사에게 동의를 구하지도 않은 채 맞은편 의자에 앉았다. 주변을 둘러보니 언제나 술 고픈 인파들로 버글버글하던 포장마차 내부가 예전에 비해 한산했다.

윗대가리들이 어떻게 일을 하는지 물가는 오르고 주식이랑 코인은 개 박살 나고 경제는 침체에 가계 빚만 잔뜩이니 이래 파리만 날리네요. 자, 한잔 하시죠.

둘의 잔이 쨍하고 부딪쳤다.

우준구는 학창 시절에 공부를 좀 열심히 할 걸 하고 후회하는 말을 했다. 윤 변호사는 살아가는 데 그런 건 크게 지장을 주지 않는 것 같다고 답했다. 공부를 열심히 했다고 해도 달라질 건 없다. 사람 사는 건 다 똑같으니까. 윤 변호사는 누구보다 열심히 공부했다. 공부 말고는 할 줄 아는 게 없으니 한 거였지 다른 특출난 재능이 있었다면 그걸 했을 것이다. 다행히 운도 따랐고 머리도 나쁘지 않았다. 그래서 법대를 나와 사법 시험에 합격했고 변호사라는 직업을 얻었다. 평생 시장에서 채소 장사를 해 오던 부모님과 주변 상인들의 박수갈채와 찬사도 함께. 시장 내에서는 가난으로 학업을 중단한 것이 평생의 한이었던 부모님께 훈장을 안겨 드린 효자로 소문이 났다.

변호사가 되고 난 후에 삶이 달라졌느냐고 묻는다면 그렇다. 삶이 더 힘들고 고단해졌다. 그뿐이다. 사람들이 생각하는 존경, 권력, 명예 이런 것들은 글쎄. 범죄 사건을 주로 다루는 직업에서 그런 것들이 부각 되는 일이 과연 좋기만 할까. 물론 이 업계에는 자신의 직업에 자부심을 느끼며 대우 받는 걸 즐기는 인간들이 태반이기는 하다. 야망이 큰 사람들은 윤 변호사와 전혀 다른 삶을 누리며 떵떵거리기도 하고 원하는 것을 얻기 위해 물불을 가리지 않기도 한다. 대형 로펌에 들어가 천문학적 액수의 돈을 벌어들여 부를 과시하는 사람이 있는가 하면 방송 프로그램을 들락거리며 언변으로 스타가 되는 일도 있다. 정계

를 욕하면서도 그곳에서 손짓하면 꼬리를 살랑거
리며 들어가 하수인 노릇을 하고 더 높은 곳을 향
한 잠깐의 후퇴라고 여기면서 자기 위안을 일삼
고 견디는 경우도 보았다. 그러기 위해 청춘 바쳐
가며 공부한 것 아니냐고. 하지만 윤 변호사에게
사람들이 상상하는 그런 삶은 존재하지 않았다.
열심히 일한 만큼 내내 시달렸던 가난에서는 벗
어났을지 모르지만.

　변호사님은 직업에 만족하시죠. 저는 죽지 못해 일
합니다. 어제 어떤 손님은 닭 모래집이 질기다고 바닥
에 집어 던지고 또 누구는 어묵이 불었다고 처먹던 걸
끓이고 있는 국물에 넣질 않나. 기침까지 해대면서,
뭐 그런 것까지도 좋다 이거예요. 적어도 모욕적이지
는 않으니까. 근데 간혹 술에 취하면 눈깔까지 같이
취해 뵈는 게 없는 놈들 있지 않습니까. 아 글쎄, 그런
놈 하나가 생맥주 거품이 적다고 게거품 물더니 어제
맥주 재활용한 거 아니냐며 김빠진 맥주를 내 얼굴에
뿌리데요. 대가리에 피도 안 마른 어린놈의 새끼가.
하, 저 이러고 살아야 합니까.

사장은 말이 끝나자 소주 한 잔을 단숨에 넘겼다.

폭력인데요, 그거. 고소하지 그러셨어요.
성질대로라면 다 뒤집어엎고 싶지만 이게 밥줄이라 고소도 쉽지 않네요. 시간도 없고 돈도 없고 배운 것도 없고. 별사건도 아니니 합의로 끝날 거고 수치만 남겠죠.
사는 게 하나같이 힘드네요.
변호사님도 요새 많이 힘드시죠.
사장님은 취객들을 상대하시잖아요. 저는 범죄자들을 상대합니다. 의사들은 환자들을 상대하죠. 사람 상대는 원래가 다 힘든데 그 사람들 중에서도 극한의 대상들이니 우리 다 너무 불쌍한데요.

평범한 사람도 상식 밖의 행동을 주저하지 않는 세상인데 하물며. 그런데 평범함이라는 게 존재하기는 하는 걸까. 사람들은 모두 사람의 모습을 하고 있어 평범해 보이지만 사람이기 때문에 결코 평범하지 않다. 살인자도 범죄자도 그런 타이틀을 얻기 전에는 모두 평범한 인간이었다. 그는 사장이 따라 준 소주를 큰 컵에 옮겨 담았다.

컵이 삼분의 일도 차지 않았다. 눈치 빠른 사장이 냉장고에서 소주 두 병을 더 꺼내 와 큰 컵의 절반을 채워 준다. 맑고 투명하고 시원하다. 술이 내는 소리도 색깔도.

소줏값도 오천 원이에요, 그거 올랐다고 그것도 시비야 손님들은. 내가 올린 것도 아닌데. 하기야 옛날에는 그렇게 옛날도 아니지. 오천 원이면 국밥 한 그릇 두둑이 먹고 배불렀는데 말이에요.

그런 기억이 가까이에 있으니 변화된 현실을 더 받아들이지 못하는 게 아닐까요. 엊그제 같은 기억이 실은 수십 년 전인데도 엊그제 같다고 여기고 놀라는 거지요.

에라, 인생 뭐 있습니까. 힘들었던 하루 소주 한 잔으로 털어 내고 다시 살아가는 게 인생이지. 자, 극한의 대상들을 상대하는 업종을 가진 자들을 위해 건배.

　재판을 하루 앞두고 윤 변호사는 해임 통보를 받았다. 스스로 주워 먹고 있던 먹이를 강제로 빼앗긴 꼴이 된 것이다. 어느 정도 짐작은 했으나 받아들일 수 없었다. 직접 구치소로 찾아갔다. 면회를 요청했지만, 문 앞에서 거절당했다. 윤 변호사는 거대한 철문을 주먹으로 내리쳤다. 뼈가 으스러지는듯한 통증이 일었다.

　엊저녁 술에 취해 잠든 뒤 꿈을 꾸었다. 도하경이 수갑을 이용해 자신의 손목을 끊임없이 자해하는 꿈이었다. 피가 나오고 뼈가 보이고 손목이 덜렁거려도 그녀는 그 짓을 멈추지 않았다. 예지몽이라도 꾼 듯 불쾌했고 그녀가 죽을지도 모른다고 생각하니 꼭 한 번만 다시 만나고 싶었다. 그 만남이 그녀의 인생을 구제해 줄 수 있기라도 한 것처럼. 그러나 이제 더는 만날 방법이 없다.

　이번 사건을 맡은 이후 윤 변호사는 자신이 변호사라는 직업에 적합한 인간인지를 매일 진지하게 고민해 봤다. 오랜 기간 한 가지 일만 파고든 사람들이 으레 그렇듯 간혹 번아웃에 빠지고는 했지만 이렇게 심각하게 일에 대해 고민해 본 적은 없었다. 인간에 대해 적어도 다른 인간들보다는 많이 안다고 생각했다. 그러나 돌이켜 보면 그건 자만이었다. 그랬기 때문에 패기 넘치게 일을 추진해 나갈 수 있었던 거다. 이제는 알 것 같다. 인간은 인간이 연구할 수 있는 대상이 아니라는 걸.

　어이 윤 변. 퇴근도 할 줄 아는가?

　주차장에서 자신의 차로 가던 윤 변호사는 소리가 나는 쪽을 돌아보았다.

　어깨 좀 펴고 다니지 그래. 자네가 죄를 지은 것도 아니고 말이야.

　이맘때쯤이면 목소리가 들리거나 눈앞에 나타나거나 할 때가 됐는데 왜 안 보이나 했네. 박 변 할 일이 그렇게 없나. 내 뒤만 밟고 다니게. 스토커로 신고해야겠어.

일은 바쁘지. 자네도 알잖아. 나의 유능함. 틈틈이 자네 뒤를 밟으며 약 올리는 게 삶의 유일한 낙인데 이걸 포기하라고? 말도 안 되는 소리. 이 재미까지 놓치면 나에게 죽으라는 거나 다름없네. 소문에 의하면 도하경은 다 죽어가는 것 같던데 자네 너무 태평한 거 아닌가. 아참참, 잘렸다고 했지. 미안해. 요즘 기억력이 예전 같지가 않아.

박 변호사는 손가락으로 싹둑 가위질하는 시늉을 했다. 윤 변호사는 박주상을 무시한 채 시동을 걸었다. 박 변호사가 다급히 윤 변호사의 차를 막아선 뒤 보닛을 두들겼다.

어이, 여기까지 왔는데 차라도 한잔 사 줘야 하는 거 아닌가. 인심 한번 고약하네 그려.

잘린 주제에 찻값이라도 아껴야하지 않겠나. 비키지 그래. 내가 요새 눈에 뵈는 게 없어서 말이야.

윤 변호사는 가속 페달을 밟다가 급브레이크를 밟으며 스키드 마크를 남기고 박 변호사로부터 멀어졌다. 박 변호사가 중얼거렸다.

자식 성격 한 번 급하네. 할 말 있었는데.

그의 말을 듣기라도 한 듯 윤 변호사의 차가 전진했던 그대로 후진을 해 오더니 박 변호사 앞에 섰다.

아휴 깜짝이야. 그렇게 무식하게 후진을. 눈에 뵈는 게 없다더니 사람 치고 기소되고 싶은 겐가.

차에서 내린 윤 변호사는 트렁크 문을 열고 상자 속 서류들을 꺼냈다. 이어 서류들을 박주상에게 뿌렸다. 수백 장의 종이들이 그 앞으로 흩날렸다.

뭘 그렇게 놀라나. 도하경 사건에 관한 자료를 얻고 싶어, 아니지 참…… 주워 먹고 싶어서 온 걸 텐데. 빠그라진 사건의 서류들에서는 주워 먹을 게 많거든. 배울 점도 많고.
뭐, 뭔 소리야. 나 자네 사건 따위엔 관심 없거든. 그냥 골려 주는 게 재밌어서.

145

자네, 음성변조까지 하며 이주완인 척하느라 애썼네. 그런 일은 다른 사람을 좀 시키지 그랬나.

그…… 그거 나 아냐. 진짜 아니라니까.

참 재밌는 친구야.

내가 왜 그런 짓을 하겠어. 내 말 좀 들어 봐.

윤 변호사는 얼굴이 파랗게 질린 박 변호사를 뒤로한 채 다시 차를 몰고 주차장을 빠져나갔다.

　호준은 이렇게 열을 쏟은 사건에서 더 이상 자신이 할 수 있는 일이 없다는 것에 대해 표현할 수 없는 무기력을 느꼈다. 엎어진 일을 뒤로한 채 머리를 식히기 위해 휴가를 냈다. 직원들 모두 십오 년간 쉼 없이 달리기만 한 윤 변호사의 휴가 신청을 반가워했다.

　모처럼 낸 시간은 당연히 아이들과 함께 보내기로 했다. 아이들은 아빠와 가장 하고 싶은 일이 놀이동산에 가는 것이라고 했다. 학교에 체험 학습을 신청하고 놀이동산으로 왔다. 엄마에게는 휴식을 주기로 하고 아이들과 윤 변호사만 움직였다. 주말에만 그런 줄 알았더니 놀이동산은 평일임에도 많은 인파로 북적였다. 놀이기구 하나를 타는데 몇 시간씩 줄을 서야 했다. 아이들은 이리 뛰고 저리 뛰느라 바빴다. 덩달아 윤 변호사의 시선도 아이들을 따라다니느라 바빴다. 놀이 기구는 아직 타지도 못했는데 벌써 기운이 다 빠졌다. 일도 힘들지만 아이들과 노는 것은 더욱 힘든 일이다.

아이들과 뙤약볕에 줄을 서서 기다리는데 사무실에서 전화가 걸려 왔다. 휴가 동안만큼은 일에 대해 일절 생각하고 싶지 않아 별일 없으면 연락을 하지 않기로 합의를 해 두었기 때문에 바로 전화를 받았다. 윤 변호사는 아이들에게 그대로 줄을 서 있으라고 한 뒤 잠시 조용한 나무 그늘로 비껴 나왔다.

무슨 일 있나.

휴가 중 죄송합니다. 담당 사건 미결수였던 도하경이 오늘 오전 열한 시 반 사망하였습니다. 기사 나가겠지만 미리 알려 드려야 할 것 같아서요.

윤 변호사는 한동안 움직일 수 없었다. 눈앞이 캄캄해지며 현기증이 일었다. 죄와 무죄, 삶과 죽음이 번복되고 반복되는 것을 불가피하게 지켜봐야 하는 직업을 가진 그에게 그다지 충격적인 일도 아니건만 왜 도하경 사건은 그에게 순간순간마다 충격을 주는 건지 알 수 없었다. 끝까지 물고 늘어져 해결하지 못한 자신의 무능에도 자괴감이 들었다. 죽음까지는 가지 않기를 바랐다. 서진과 서준이 생각났다. 어린 나이에 소리 내어 울지도 못하던 아이들. 인간적인 죄책감에 윤 변호사를 찾아오기는 했지만, 아이들을 위해서라는 같잖은 이유를 들어 책임을 회피하던 주완도 떠올랐다.

배심원들과 판사, 재판장에서 고개를 숙이고 있는 도하경의 모습이 차례로 떠올랐고 하경을 위해 열변을 토하고 있었을 자기 모습도 떠올랐다. 우발적 초범이고 심신이 매우 불안정한 상태였던 데다 상대편의 자극, 정신과 약을 장기간 복용했기 때문에 정상 참작이 되었을 텐데. 그렇게 사랑해 마지않는 아이들을 위해 조금 더 살아도 됐을 텐데 하는 생각이 들었다. 윤 변호사를 믿고 따라 주었다면 도하경은 모범수였을 것이 분명하니 형을 마치고 나온 후 언젠가 아이들과 만날 수도 있었을 거고, 무기수였다면 면회로라도 마주할 수 있었을 텐데. 그럼 아이들도 엄마를 다시 볼 수 있었을 텐데.

그때 주안과 이안이 눈에 들어왔다. 휴가에 와서도 노는데 집중하지 못하고 일에 매여 있는 아빠를 가진 아이들. 윤 변호사는 마음이 복잡했다. 그러나 이 순간만큼은 먼저 아이들에게 집중해야겠다고 생각했다. 폴짝 뛰노는 모습만 봐도 호준을 웃음 짓게 하는 아이들이 눈앞에서 사부작거리고 있다. 가까이 다가가 보니 어른들과 함께 줄을 서 있던 아이들과 윤 변호사의 아이들 사이에 실랑이가 벌어져 있었다. 아이 한 명이 주안에게 무어라고 했고 주안은 억울한 표정이었다.

어른 중 한 명은 윤 변호사의 작은 아이에게 삿대질했다. 삿대질을 피하려다 이안이가 뒤에 있던 돌부리에 걸려 넘어지며 엉덩방아를 찧었다. 놀란 큰아이가 이안을 일으켰다. 상황 파악을 위해 지켜보니 상대 가족들이 새치기를 했고 주안과 이안이 이를 저지하려다 덤터기를 쓴 것 같았다. 두리번거리며 아빠를 찾던 아이들은 아빠가 보이지 않자 서로를 붙잡고 의지한 채 있었다. 이안이 울음을 터뜨렸다. 아이의 울음을 보자 윤 변호사의 가슴에서는 울컥하고 거대하게 쌓이고 얽힌 감정의 응어리가 올라왔다. 내 아이들에게 무슨 짓을 하는 거지. 세상에서 제일 소중한데 소중하다 표현할 기회도 없이 시간만 흘러간 게 미안해 소중하다는 말조차 조심스러운 보석 같은 아이들에게. 감히 너희들 따위가.

윤 변호사는 주변을 두리번거렸다. 그때 눈에 포착된 것은 아이들이 놀이기구를 기다리며 지루한 시간을 견딜 수 있도록 하기 위해 꾸며 놓은 작은 숲이었다. 숲에서는 여러 아이가 해맑은 표정으로 뛰놀고 있었다. 그곳에 놓인 나무 의자 아래에는 누군가 가져다 놓고 치우지 않은 굵은 통나무가 보였다. 분노는 이성을 제압하는 법이다. 윤 변호사는 망설이지 않았다. 통나무를 들고 아이들과 실랑이를 벌이고 있는 못난 어른들 앞으로 다가갔다. 어른들은 놀라 움찔했고 아이들은 어리둥절한 표정이었다.

그는 어른들의 머리를 차례대로 가격했다. 두 사람은 순식간에 고꾸라졌다. 그제야 그들을 향했던 분노와 아이들을 향한 미안한 마음이 다소

151

사그라졌다. 그런데 어쩌지. 피고인 신분으로 법
정에 선다는 건 한 번도 상상해 본 적이 없는데.
물론 지금과 같은 상상을 현실로 옮긴다는 것 역
시 윤 변호사에게는 당치도 않은 일이다. 단지 그
만큼 화가 났을 뿐이다. 그는 어떤 상황에서도 자
신의 감정을 다스릴 줄 안다. 폭력적인 복수는 상
상에서 그치고 분노를 재우기 위해 심호흡을 했
다. 그리고 다시 상상에서 빠져나왔다. 차분한 아
빠로 돌아와 아이들에게 다가갔다.

아이들 넘어지게 한 일 사과하시죠.
누구세요. 얘네들이 먼저 새치기했는데.

가족 중 엄마로 보이는 여자가 윤 변호사를 노
려보며 반항심 가득한 중학생 같은 투로 말했다.
윤 변호사는 자신이 상황을 직접 목격했으며 아
이들이 새치기를 하는 일은 없었으니 관계자에게
폐쇄회로 화면을 돌려 달라 요청하겠다고 했다.
그리고 보호가 필요한 어린아이들을 향해 어른들
이 행한 폭력과 공포에 대해 책임을 묻겠다고도
했다.

폭력이요? 참 나 폭력은 무슨. 지가 혼자 넘어진 걸 가지고. 돌부리에 걸려 넘어진 거거든요.

삿대질도 아이들에게는 폭력이지요. 그쪽은 어른이 잖습니까. 그런 일이 없었으면 물러서다 넘어지는 일 도 없었을 겁니다. 원인 제공을 하신 셈이네요.

뭐요? 듣자 듣자 하니까 이 아저씨 지금 나 모함하 네. 아니면 뭐 협박하는 거예요? 맘대로 해요. 카메라 를 돌리든 말든.

상대가 코웃음을 쳤다. 윤 변호사는 나무가 있 는 쪽과 놀이기구의 오른쪽, 그리고 정확히 자신 들을 비추고 있는 머리 바로 위쪽 카메라들의 위 치를 알려 주며 말했다. 자신은 그 렌즈에 찍힌 화면을 세상에 까발려 당신들의 파렴치한 모습을 공개할 수 있으며 이런 불미스러운 일로 얼굴이 알려지기를 바란다면 원하는 대로 해서 네티즌 배심원들을 통해 시시비비를 가려 보겠다고 했 다. 정확한 판결을 위해 화면 분석 전문가를 통해 그들의 모습이 선명하게 녹화된 장면만을 확대해 매체에 그대로 노출해 줄 수도 있다는 설명도 곁 들였다.

실제로 그런 일은 불가하다. 얼굴을 그대로 노출하는 건 초상권 침해이고 공개 수배된 범인을 잡아야 할 만큼 큼직한 사건이 아닌 이상 그렇게 하도록 허락되지도 않는다. 법은 그렇게 허술하거나 단순하지 않다. 하지만 그렇게 말하면 사람들은 대부분 꼬리를 내린다. 공론, 수사, 분석 같은 단어들에 겁을 먹고 평소 알고 있던 상식조차 잊어버려 백지상태가 되고 마는 것이다. 윤 변호사는 잘못하고도 당당한 사람들의 뻔뻔스러움에 찬물을 끼얹어 주어야 할 의무를 느꼈다.

아저씨 혹시 경찰이세요? 뭐 직접 밀진 않았지만, 여하튼 죄송해요. 사과할게요. 줄이 하도 기니까 우리 애들 먼저 태우고 싶은 마음에 그랬어요. 됐죠? 애들아, 미안하다. 너희들이 삐딱하게 서 있지만 않았으면 우리도 차례를 지켰을 거야.

사과할 때는 사과만 하시면 됩니다. 주렁주렁 토를 달면 진정성을 떨어뜨릴 뿐이죠.

죄송합니다. 애들아, 정말 미안해. 이거 조금 빨리 타는 게 뭐라고 내 이기심에 괜히.

　그들은 넘어진 아이들의 눈물을 닦아 주며 억지로든 진심으로든 어쨌든 사과했다. 만약 사과하지 않고 적반하장으로 나왔더라면 그때는 정말 무슨 일이 벌어졌을지 모른다고 윤 변호사는 생각했다. 아이들이 아빠의 품으로 달려왔다. 윤 변호사는 아이들을 감싸안아 토닥여 주었다. 그는 어쩔 수 없이 다시 떠올릴 수밖에 없었다. 도하경이 처했던 상황을.

　윤 변호사는 도하경의 장례식장을 찾았다. 가족도 남편도 아무도 없다. 그녀의 부모님은 딸이 죽었는데도 얼굴을 비추지 않았다. 대단한 분들이라고 윤 변호사는 생각했다. 두 형제만 병원 간병인 분들의 도움을 받아 헐렁한 상복을 입고 덩그러니 자리를 지키고 있었다. 더 이상 마를 수 없을 것 같던 몸이었는데 서준은 전보다 더, 거의 기아 수준으로 말라 있었다. 간병인이 뒤를 받치고 있지 않았다면 스스로 앉아 있을 수도 없을 만큼 쇠약해져 있었다. 윤 변호사가 서준에게 다가갔다. 눈물이 그렁그렁 고여만 있던 서준의 눈에서 갑자기 쉴 새 없이 눈물이 쏟아졌다.

아저씨, 우리 엄마 어디 있어요. 간병인 아주머니가 오늘 엄마 볼 수 있다고 했는데 엄마가 안 보여요. 엄마 보고 싶어요.

서진이 말했고 듣고 있던 서준이 쓰러졌다. 윤 변호사는 얼른 아이를 안아 일으켰다. 피골이 상접한 얼굴에 희미하게 미소가 서려 있었다. 엄마를 만났을 때나 지을 법한 미소였다. **벌써 하늘에 가닿은 거니. 가서 엄마를 만난 거니.** 윤 변호사가 마음속으로 물었다. 하늘에 도착해서는 또 엄마를 만나서는 그 미소가 영원토록 지속되기를 윤 변호사는 진심으로 바랐다.

살인마 도하경 사망.

마트에서 끔찍한 살인을 저지른 후 현장에서 검거된 도하경이 지난 칠 일 끝내 사망했다. 사인은 극심한 영양실조에 이은 본인의 극단적 선택에 따른 것으로 보인다. 세간을 떠들썩하게 했던 이 사건의 결말에 대해 누리꾼들은 응당 대가를 치른 것이라고 평가했다. 도 씨의 사망 이후 죽은 막내아들에 이어 그녀의 남겨진 아들 한 명도 정신을 잃었고 아직 혼수상태를 벗어나지 못하고 있으며 깨어날 가능성이 희박하다고 한다.

기사 밑에는 끊임없이 댓글들이 올라왔다. 도하경에 이어 그녀의 자녀, 범죄자의 새싹도 잘 죽었다고 했다. 남은 한 명도 어서 죽으라며 응원하는 글도 있었다. 사람들은 신이 나서 난리가 난 것 같았다. 본인 일이 아니라면 비극적 사건 속에서도 흥을 발견하는 인간들의 간악함에 치가 떨렸다. 기사를 읽다 말고 윤 변호사는 휴대전화를 소파로 던져 버렸다.

사람들은 하경을 추악한 살인자로만 기억할 것이다. 그녀의 순종적이었던 유년 시절, 평범했던 학창 시절과 착하고 인내심 많은 아내로 살았던 결혼 생활, 성실한 직장인, 아이들에게 책임과 사랑 그리고 최선을 다했던 엄마의 모습은 없을 것이다. 그 사이 겹겹의 시간들은 누구에게도 기억되지 않으므로.

언제부터인가 매 순간 글과 함께했다. 삶이 건네는 온갖 희로애락의 중심에 글이 있었다. 글이 아니었더라면, 세상에 책이 없었더라면 나는 어땠을까.

읽을 때도 쓸 적에도 무수한 것들을 느끼고 깨닫고 배웠으므로 사람이 될 수 있었다. 지금도 매일 사람이 되어가는 중이다. 누군가는 음악에서 누군가는 그림에서 감명을 받듯 나는 글에서 가장 큰 울림을 얻는다. 어떻게 이렇게 썼지, 어떻게 생각을 정확히 문장으로 묘사했지 감탄하게 하는 것, 굴러가지 않는 머리로 무언가를 생각하게 하는 것은 어쨌건 글이다.

그런 글을 쓰고 싶다. 그런 글을 쓰겠다. 위에서 이야기한 글들을.

사랑하는 예시 남매와 가족들 언제나 응원을 보내주는 지인들, 글이 책으로 태어날 수 있도록 가장 큰 조력자가 되어주신 편집자님과 그늘 출판사 관계자분들께 가슴 깊이 무한 감사의 인사를 전한다.

Geuneul
중편선 001

시스투스

초판인쇄 2025년 10월 31일
초판발행 2025년 10월 31일

지은이 주선미
발행인 채종준

출판총괄 박능원
책임편집 구현희
디자인 박능원
마케팅 문선영
전자책 정담자리
국제업무 채보라

브랜드 그늘
주소 경기도 파주시 회동길 230(문발동)
문의 ksibook1@kstudy.com

발행처 한국학술정보(주)
출판신고 2003년 9월 25일 제406-2003-000012호
인쇄 북토리

ISBN 979-11-7457-152-6 03810

그늘은 한국학술정보(주)의 소설 출판 전문브랜드입니다.
더운 여름날 그늘 밑에서 편하게 읽을 수 있는 책이라는 의미를 담았습니다.
세상에 없던 스토리를 발굴하고, 우리가 닿지 못한 세계의 그림자를 찾아봅니다.
스토리 속 일상의 즐거움을 발견할 수 있도록 이야기의 쉼터가 되겠습니다.

@geuneul_book